KB162380

86

— 에이티식스 —

Why, everyone asked.
Without knowing that it is insult.

[글]
아사토 아사토

[일러스트]
시라비

[메카닉 디자인] **I - IV**

$$\left[\begin{array}{c} EIGHTY \\ SIX \ Ep.2 \end{array}\right]$$

— Run through the battlefront — 〈上〉

ASATO ASATO PRESENTS

The number is the land
which isn't
admitted in the country.
And they're also boys and
girls from the land.

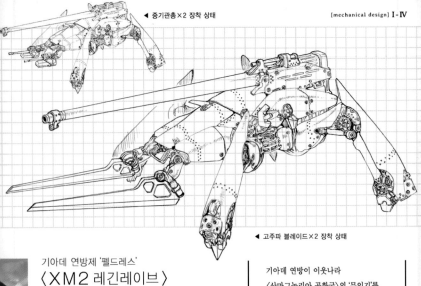

◀ 고주파 블레이드×2 장착 상태

기아데 연방제 '펠드레스'

〈XM2 레긴레이브〉

[SPEC]

[제조원] WHM
[전장] 6.3m / 전고 2.7m (격투용 서브암 장비 미포함)
[고정무장]
격투용 서브암 장착·고주파 블레이드×2 or 12.7mm 중기관총×2
와이어 앵커×2
등에 건마운트암×1 장비
(통상은 88mm 활강포×1을 장비, 대형기관포,
미사일 런처 등으로 변경 가능)
다리에 대장갑 파일드라이버×4(장약수 각 20)

[비고] 연방의 현행기에는 없는 (살인적인) 기동성을
가졌기 때문에 탑승자는 한정된다.

기아데 연방이 이웃나라
〈산마그놀리아 공화국〉의 '무인기'를
참고해 개발한 제3세대 펠드레스
(=다각장갑병기). 높은 기동성을
획득하기 위해서 장갑 등 생존성을
희생해 기아데의 파일럿들에게
기피되지만 '보다 열악한 기체'를 경험한
'그들'에게는 별문제가 되지 않았다.
오히려 그 성능을 유감없이 발휘하여
〈레기온〉의 축출과 전선 유지에
공헌하고 있다.

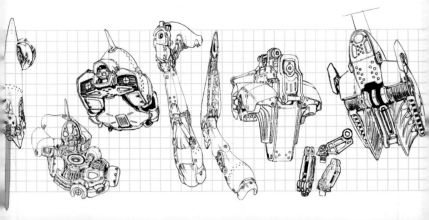

[레나]

본명 : 블라디레나 밀리제.
공화국 군인이며 약관 16세로
소령 계급까지 올라간 엘리트.
신이 이끄는 〈스피어헤드〉
전대를 〈지각동조〉를 통해 멀리
떨어진 본국에서 지휘하고,
마지막에는 사지로 향하는
그들을 눈물과 함께 지켜보았다.

[EIGHTY
SIX]

[글]
아사토 아사토

[일러스트]
시라비

[메카닉 디자인] **I-IV**

Ep.**2**
—Run through the battlefront—〈上〉

86
—에이티식스—

The dead aren't in the field.
But they died there.

[EIGHTY
SIX]

ASATO ASATO PRESENTS

The number is the land which isn't
admitted in the country.
And they're also boys and girls
from the land.

왜냐고 모두가 물었다.
그것이 그들에게 모욕이란 것도 모르고.

그들은—— 에이티식스.

——프레데리카 로젠폴트 [전야추상]

서장 여왕 폐하는 전장에 계시고

"──또 자네인가, 블라디레나 밀리제 대위."

입실한 레나를 힐끗 보자마자 책상 맞은편에 앉은 상관은 씁쓸하게 표정을 구겼다.

구겨진 군복, 다박수염, 평시의 군인으로서 도저히 있을 수 없는 풍채를 한 상관을 레나는 머리카락 한 올 흐트러짐 없이 완벽한 쉬어 자세로 내려다보았다.

풀을 빳빳하게 먹이고 빈틈없이 갖춰 입은 검은색 군복과 한 가닥만 붉게 물들인 은색의 윤기 있는 장발. 반년 전 스피어헤드 전대를 ──살아남은 에이티식스를 반드시 전사시키기 위한 처형부대를 무력하게 전장의 들판 저편에서 잃어버린 뒤로 입고 있는 검은 상복과 그들에게만 흘리게 했던 선혈의 색채.

명령 위반을 저지르고 그들을 원호한 탓에 계급은 하나 강등당했다. 그렇게 떨어진 대위 계급장에서 승진할 일은 두 번 다시 없다.

"요격포 무단 사용. 본래 보급 물자가 아닌 탄두, 장비를 자기 부대에 공여, 다른 부대를 직접 지휘. ──같은 소리를 몇 번 해야 하나? 에이티식스를 위해 괜히 번거로운 수속을 밟게 하지 마라. 수송부나 장비부에서 얼마나 항의가 들어오는지 아나?"

"그 모든 것에 미리 허가를 내려주셨으면 이러시지 않아도 됐습니다, 중령님. 항의 문제라면 저쪽이 뭐라고 하든 당신께서 불평을 하시든 자유입니다만, 내가 알 바 아닙니다."

중령이 알코올 중독으로 흐려진 한쪽 눈 밑에 주름을 만들었다.

"말을 조심해라, 계집. 대위 따위가, 주제를 알아라."

레나는 희미하게, 차갑게 웃었다.

계급 말고는 내세울 것도 없고, 실제로 무슨 처분을 내릴 배짱도 없다고 스스로 폭로하는 듯한 말이었다.

레나는 지금 동부전선에서 가장 높은 《레기온》 격파율을 자랑하는 전대의 핸들러다. 그리고 부하의 전적은 그대로 상관의 평가로도 이어진다. 전쟁 초반에 정규 군인이 줄줄이 죽어 나갔기에 굴러들어왔을 뿐인 중령 지위에 만족하지 못하고 더욱 윗자리를 노리는 이 남자에게 자신은 결코 죽일 수 없는 '황금 알을 낳는 암탉'이다.

장난이 도를 넘지 않는 한 무슨 짓을 해도 감싸 주신다.

"실례했습니다, 중령님."

우아하게 경례했다.

역사적인 건물이 많은 제1구에서도 특히나 화려한, 옛 궁전의 냄새가 강한 국군 본부의 복도를 걸으면, 경멸과 실소, 혐오의 눈과 비웃음이 따라붙는다.

에이티식스 따위를 위해서 소령의 지위도 간부 후보의 미래도 내던진 멍청이. 사람과 가축을 구별할 줄도 모르는 공주님. 1년만 더 있으면 모든 《레기온》이 기능을 멈추고── 전쟁은 끝나는데, 돼지의 망언에 놀아나 '전쟁 장기화' 준비를 주장하는 광대. 안 그래도 멸종 직전인 유색종을 일부러 전투로 뭉개버리는 잔인하고 무자비한 선혈의 여왕.

블러디 레지나

하찮다.

목에 찬 레이드 디바이스가 기동하는 바람에 한순간 걸음을 멈추었다가, 부츠 소리를 울리면서 나무쪽을 이어 붙여서 세공한 예쁜 복도를 빠르게 걸어갔다.

[들리나? 핸들러 원.]

"키클롭스. ──《레기온》이군요? 상황은?"

파 라 레 이 드

지각동조를 통해 전달되는 퍼스널 네임 〈키클롭스〉, 시덴 이다 대위의 난폭한 목소리. 레나의 지휘 밑에 있는 〈여왕의 가신단〉이라고 불리고 있는 전대의 전대장이다.

스피어헤드 전대와의 사건 이후로는 착임한 당일에 반드시 프로세서들의 본명을 물어보고 있다. 하지만 부를 때는 반드시 퍼스널 네임으로만 부른다.

인간 대접을 한다고 생각했던, 그럴 마음으로 이름을 불렀던 스피어헤드 전대 멤버들을 레나는 결국 들어갈 묘도 없고 새길 이름도 없는 무인기로 죽는 운명에서 구해줄 수 없었으니까.

[포인트 112의 옛 고속도로 터미널 근처까지 들어왔다. 미안해, 레이더가 기만당해서 알아차리는 게 늦었다. ······신입들에게는 힘든 싸움이 되겠군.]

혀 차는 소리가 흘러나왔다.

정말로 힘들다. 안 그래도 사망자가 끊이지 않는 전사자 0의 전장에서 자칫하다간 대량의 희생이 나올지도 모르는 상황이다.

"062에 주력을 전개. 별동대로 유인해 주세요. 거기라면 아직 살아남은 요격포의 사정권 안입니다. 민가가 밀집하고 좁은 가도가 많은 지구니까, 기체가 작은 〈저거노트〉에 유리하기도 합니다."

키클롭스가 웃었다.

[기지 코앞에서 요격인가. 뚫렸다간 이 구역은 물론이고 자칫하다간 너희 공화국의 지뢰밭까지 잡아먹힐 위치인데.]

"하지만 지금 현재 살아남기 위해 택할 수 있는 최선의 요격지점입니다."

딱 잘라 말하자, 키클롭스는 소리 내지 않고 웃었다.

살아남는다. 그들 에이티식스들이. 그리고 《레기온》에 완전 포위된 이 공화국에 사는 레나 자신도.

살아남으라고 말해 주었다.

싸우고 살아남으라고 믿어 주었던, 지금은 없는 그들에게 답하기 위해서.

[알았어, 여왕 폐하. ……태세가 갖추어지는 대로 다시 연결하지. 그쪽도 뭔가 알거든 가르쳐 줘.]

지각동조가 끊겼다.

관제실로 향하는 발걸음을 더욱 서두르려다가 문득 지나친 창밖의 광경에 레나는 한순간 발걸음을 늦추었다.

은발과 은색 눈동자의 백계종(알바)만이 오가는 산마그놀리아 공화국 수도의 석조 거리. 자유와 평등, 박애와 정의와 고결이라는 공화국의 국시를 나타내는 오색기와 혁명의 성녀 마그놀리아의 초상기가 하늘 높이 펄럭이는, 파랗고 맑은 봄 하늘.

　이제 곧 그들과── 스피어헤드 전대의 전대원들과 처음으로 말을 주고받았던 계절이 온다.

　마지막에 갈 수 있는 곳까지 가는 것이 자유고, 마지막 순간까지 싸우는 것이 긍지라면서, 마지막에 웃으며 떠나갔던 그들. 이제 돌아오지 않는 그들.

　그들은 어디까지 갔을까.

　지금은 어디에──이를테면 이 시기에 넘쳐날 듯이 흐드러지게 핀 봄꽃의 들판에.

　하다못해 쓰러져서 잠들 수는 있었을까.

86

—에이티식스—

Why, everyone asked.
Without knowing that it is insult.

$$\left[\ \textbf{Ep.}2\ \right]$$

—Run through the battlefront—〈上〉

EIGHTY SIX

The number is the land which isn't
admitted in the country.
And they're also boys and girls
from the land.

ASATO ASATO PRESENTS
[글] **아사토 아사토**

ILLUSTRATION/SHIRABI
[일러스트] **시라비**

MECHANICALDESIGN／I-IV
[메카닉 디자인] **I-Ⅳ**

DESIGN／AFTERGLOW

제1장 발키리의 기행(騎行)

최전선의 하늘은 어디든 방전교란형[아인탁스플리게]의 엷은 구름에 막혔다. 퇴폐한 듯한 은색으로 더러워져서 어둡다.

[계속 접근하는 전차형[뢰베] 집단, 대대 규모로 추정! ……이쪽에도 1개 중대가 옵니다!]

중대 무전에 비명 같은 보고가 내달렸다. 여태까지의 전투에서 중대 전력의 3할을 소모, 그리고 계속 밀려드는 적에게 밀리고 있는 그들 기아데 연방군 제177기갑사단 제141연대 제18중대의 잔존병에게는 죽음의 선고와도 같다.

[접촉까지 45초! 신이시여……!]

"큭…… 아직도 더 오나……!"

전투기동의 격심한 진동에 시달린 〈바나르간드〉의 종렬복좌형 콕핏에서 유진은 신음했다. 순혈 백은종의 은발과 은색 눈동자[셀레나]. 17세치고는 부드럽고 어린 티가 나는 얼굴에 안경.

연방이 《레기온》에 맞서는 전술은 철저한 부대전투── 하나의 적에 다수의 인원, 다수의 기체로 상대하는 집단전이다. 아무리 최신예인 제3세대 다각기갑병기[펠드레스] 〈바나르간드〉라고 해도 육전의 지배자인 전차형에 맞서려면 최소한 두 배의 숫자가 필요하다. 열세라면 이미 승산이 없다.

[제길, 포병 놈들은 뭘 한 거지! 저지포격은!]

뒷좌석의 포수 겸 차장인 중대장이 내뱉는 말이 무전 너머에서 들렸다. 여덟 개의 다리가 내는 소음과 전차포의 대음향, 파워팩의 포효 때문에 〈바나르간드〉는 같은 콕핏 안이라도 육성으로 대화가 불가능하다.

물론 중대장도 알고 있다. 방전교란형이 상시 전개한 가운데, 그것도 이런 어둠 속에서는 레이더, 센서, 육안이 모두 도움이 안 된다. 《레기온》들과의 싸움은 언제나 일방적인 급습으로 막을 연다.

여기저기 망가진 장갑강화외골격^{아머드 스켈톤}을 두른 몸으로 12.7mm 중기관총을 끌어안고 근접엽병형^{그라우볼프}과 대치하는 장갑보병들이 참호째로 짓밟힌다. 견고한 중복합 장갑과 더없이 강력한 120mm 전차포로 무장한 동료 〈바나르간드〉가 유일하게 메울 수 없는 기동성 차이로 희롱당하다가 격파된다. 순수한 살육기계인 《레기온》을 상대로 인간은 신경 반응 속도에서 뒤지고, 가속도에 너무 약하다. 단순한 순항속도로는 뒤지지 않더라도 가속이나 제동, 선회 같은 종합적인 운동 성능으로는 치명적일 정도로 뒤처진다.

[겁먹지 마! 물러나봤자 어차피 도망칠 수 없어!]

[덤벼 봐, 쇳덩이들! 조국 동포의 방패가 되는 건 바라는 바다!]

[젠장, 죽을 수 없어, 끌려갈 수는 없어……!]

강철의 마수와 밀려드는 죽음을 상대로 욕설과 총성을 퍼부으며 맞서는 보병들의 자포자기 일보 직전의 절규가 무전을 오갔다.

버티면서도 이미 각오를 한 그 울림에 유진은 이를 악다물었다.

피잉. 그때 발신 중이던 구원 요청에 응답 신호가 왔다.

포개진 푸른 달빛과 어둠의 베일을 찢으며 몇 발의 포탄이 날아온다. 기이할 만큼 정확하게 《레기온》의 대열 위에 도달하자마자 터지고, 클러스터 폭탄의 비를 뿌려댔다.

장갑보병들의 부채꼴 진지를 벗어나면서 가장 많은 《레기온》을 효력권에 넣는, 그야말로 인간의 기량을 뛰어넘는 포격이었다.

장갑이 얇은 척후형^{아마이저}이 한꺼번에 침묵. 근접엽병형이 피탄한 다연장 로켓 런처를 등에서 뗀다. 경량급 《레기온》이 전투능력을 잃는 가운데, 멀쩡한 포탑을 빙 돌리려던 전차형이 다음 순간 측면 장갑을 철갑탄에 관통당해 쓰러졌다.

흙먼지와 땅울림을 내면서 전차가 쓰러지고 나서야 연속된 포성이 간신히 멀리서 친 천둥처럼 울렸다.

초속(初速) 1600m/s—— 음속을 아득히 넘어서는 전차형의 포성은 착탄한 뒤에야 도달한다. 그리고 철판을 서로 맞부딪치는 듯한 묵직하면서도 예리한, 특징적인 그 음향은.

"88mm……?!"^{RATSCH-BUMM}

[큭, 설마……!]

그것은 땅을 기는 꼴사나운 벌레를 무자비하게 사냥하는 거미처럼, 어둠에 갇힌 공중에서 갑작스럽게 《레기온》을 덮쳤다.

대열 중앙에 있는 전차형의 포탑 상판에 착지, 동시에 격진——

FRIENDLY UNIT
[아군 기체 소개]

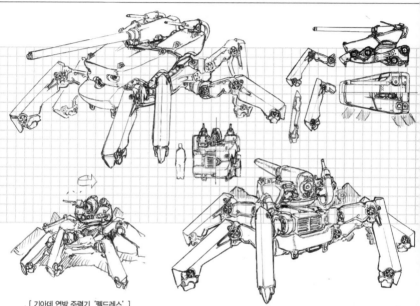

[기아데 연방 주력기 '펠드레스']

〈M43 바나르간드〉

[SPEC]
[제조원] 펠스인제르 육군공창
[전장] 6m / 전고 2.9m
[무장]
120mm 활강포 x 1
12.7mm 중기관총 x 2

[비고] 복좌식이며, 한 사람이 조종수를, 나머지 한 사람이 포수와 차장을 겸임한다.

  기아데 연방에서 주력으로 운용 중인 제3세대 펠드레스. 강력한 포와 견고한 장갑으로 척후형, 근접엽병형 정도의 적은 압도하는 성능을 가지며, 또한 탑승자의 생존성도 좋다. 하지만 〈레기온〉의 주전력인 전차형에는 스펙이 다소 떨어지는 까닭에 통제 및 연계와 인해전술로 전선을 유지하고 있다.

다리에 장착된 4기의 대장갑 파일드라이버의 전자 파일이 한꺼번에 박힌 전차형이 격하게 경련했다.

절지동물의 다리를 본뜬 민첩한 네 개의 다리. 잘 닦은 뼈의 색깔을 띤 순백색 장갑. 고주파 블레이드와 와이어 앵커를 각각 한 쌍을 장비한 두 개의 격투암은 지금 거미의 집게처럼 접히고, 등에 있는 건마운트암의 88mm 활강포.

네 다리의 끝에서 57mm 파일드라이버의 예리한 은색을 번뜩인다. 발키리의 이름에 어울리게 사납고 차가우면서, 어딘가에 잃어버린 자기 머리를 찾아 전장을 헤매는 백골 사체 같기도 한 그 모습.

[〈레긴레이브〉……!]

기내 무전에 흐르는 뻣뻣한 신음 소리는 구원을 온 우군에게 하는 말보다 오히려 적에게 하는 것과 비슷했다.

XM2 〈레긴레이브〉. 중복합장갑의 방어력과 120mm 활강포의 관통력을 중시한 〈바나르간드〉와 정반대, 기체 중량에 비해 막대한 출력과 강인한 고성능 리니어 액츄에이터를 통한 운동성에 주안을 두어 개발된 후발주자인 제3세대 펠드레스다.

기동성에 중점을 두어 장갑방어도 화력도 버렸고, 게다가 너무나도 기동성이 뛰어난 탓에 탑승자의 몸을 파괴할지도 모른다는, 정신 나간 설계 사상으로 만들어진 3차원 고기동 전투 전용기.

《레기온》 지배영역보다 훨씬 더 저편에, 유인 탑승식 무인기라는 악마의 병기를 운용하는 공화국의 그 '무인기'를 토대로 개발된 병기이자, 공화국이 낳은 '녀석들'의 기체다.

목숨도 인정도 없는 《레기온》은 동료의 죽음을 슬퍼하거나 두려워하지 않는다. 즉각 최우선 목표를 변경한 전차형의 포격이 동료의 잔해마저 끌어들이며 〈레긴레이브〉에게 쇄도했다.

아슬아슬하게 〈레긴레이브〉가 뒤로 뛰고, 주저앉은 전차형에 한발 늦게 명중. 십여 톤이나 되는 거대한 포탑이 유폭한 자신의 포탄에 날아가 하늘 높이 춤추었다. 기밀보호를 위해 일부러 폭압배출 패널을 넣지 않은 전투기계의 장렬한 최후.
^{블로오프}

검붉은 그 업화와 흉기 같은 중량으로 쏟아지는 장갑 파편의 비를 누비면서 〈레긴레이브〉가 달렸다.

전차형 사이의 50미터 거리를 단숨에 주파하고, 요격하고자 포탑을 움직인 전차형의 코앞에서 옆으로 도약, 교차하면서 무방비한 차체 측면에 88mm포의 고속철갑탄을 꽂았다. 곧바로 돌격에 임한 근접엽병형을 즉각 전개한 고주파 블레이드의 일격으로 쓰러뜨리고, 다음 전차형에 홀로 돌진했다.

그렇다, 단 한 기.

단 한 기다. 그 한 기가 흠집 하나 없었을 터인 《레기온》 증강기갑중대를 유린한다. 고주파 블레이드가 째지는 듯한 고함 소리를 뿌리고, 파일드라이버가 스파크를 번득이며, 88mm 포가 포효를 울리고, 고철들을 진짜 쇳덩어리로 바꿔 나간다.

기체 성능 때문이 아니다. 탑승자──본래 '무인기'에 대한 야유와 경의를 담아서 오퍼레이터가 아니라 프로세서라고 부른다──의 기량이 격이 다른 것이다.

〈레긴레이브〉와 전차형의 평균 격파, 피격파 비율은 〈바나르간드〉 대 전차형과 별 차이가 없다. 한방 맞으면 치명상인 만큼 〈레긴레이브〉의 소모율이 높을 정도다. 실제로 〈레긴레이브〉 시험부대는 배치 직후에 1개 중대가 말 그대로 전멸했다. 생존자는 단 한 명——그 전투에서 대치한 적 부대를 홀로 괴멸한 '놈들' 뿐.

연방 덕분에 전장의 지옥에서 구원을 얻었으면서도 제 발로 다시 그 지옥에 돌아간 광전사.

'놈들'은 《레기온》과의 사투를 두려워하지 않는다. 그 끝에 있는 죽음을 꺼리지 않는다. 장갑을 경시한—— 탑승자의 생명을 경시한 〈레긴레이브〉를 태연하게 몰고 《레기온》의 대군을 상대하며 소수의 병력으로 목숨 아까운 줄 모르고 전투에 몸을 내던진다.

그 광기.

갑자기 일어선 인간의 그림자가 〈레긴레이브〉의 긴 다리에 매달리려고 했다. 〈레긴레이브〉는 다리를 쏙 들어서 그것을 피하고—— 그대로 아무렇게나 내리친 다리의 파일이 그림자의 머리를 꿰뚫었다.

대전차 자주 지뢰다. ——그것은 알고 있다. 하지만 그래도 유진은 들끓는 전율을 억누를 수 없었다. 그 한순간에 프로세서는 정말로 그 그림자가 도움을 청하는 우군 병사가 아니라고 판별할 수 있었을까.

아니면 우군이든 아니든 처음부터 개의치 않고, 자기 기체를 지키는 것만을 우선한 게 아니었을까.

쓰레기라도 내버리듯이 휘두른 다리 끝에서 묘하게 생생한 느낌으로 주르륵 빠져나온 인간의 그림자가 마지막 전차형과 격돌했다. 활성화한 신관이 접촉하여 작동, 작렬한 성형작약의 메탈제트가 전차형의 상부 장갑을 파괴했다.

타오르는 붉은 불길이 한순간 〈레긴레이브〉와 그 순백의 장갑에 그려진 퍼스널 마크를 비추었다.

야전삽을 짊어진 목 없는 해골——프로세서의 정신을 의심할 만큼 너무나도 흉흉하고 너무나도 불길한, 전장에서 제일 기피되며 가장 친근한 저승사자의 마크.

초진에서 동료들이 전멸하는 가운데 홀로 모든 적기를 매장했던, '놈들' 중에서도 으뜸가는 실력을 자랑하는 프로세서의 퍼스널 마크다.

이름은——분명히.

거기에 생각이 닿아서 눈을 치뜨는 유진의 뒤—— 포수석의 중대장이 내뱉었다.

공화국의 악의로 태어났고, 잔인함으로 연마됐고, 무자비로 광을 냈다. 지긋지긋한 《레기온》과 전혀 다를 게 없는, 인간의 모습을 한 살육병기라며 기피되는 그 이름.

[에이티식스…… 공화국의 괴물……!]

기본적으로 기갑병기들은 궤도식이든 다각식이든, 전투 때가 아니면 스스로 달리지 않는 편이 고장이 적다.

선진기술연구국, 설계안 1028시험부대 실동전대 〈노르트리히트〉의 전용 중장수송차에 자신의 〈레긴레이브〉——〈언더테이커〉를 수용하고, 신은 수송차의 좌석으로 돌아갔다.

연방군 공용인 쉿빛 기갑탑승복에 나라의 마크인 머리 둘 달린 독수리의 기장과 소위 계급장. 목에 두른 엷은 청색의 스카프는 엄밀하게 말해서 군기 위반이지만, 이 정도의 일탈은 공적인 장소 이외라면 묵인된다.

스카프 밑에 있는 레이드 디바이스를 풀려는데, 뒤쪽의 컨테이너 짐칸의 정비 크루에게서 지각동조로 통신이 들어왔다.

[——노우젠 소위.]

"하사, 무전 스위치가 켜진 상태다."

지각동조와 무전 양쪽에서 동시에 울리는 혀 차는 소리.

[이런, 그랬지. 아무래도 이 지각동조란 것은 무전이랑 달라서 문제라니까. 왜 야생마로 모자라서 이딴 놈까지 우리 부대에서 실험하는지……. 탄약 보충, 또 고속철갑탄과 성형작약탄이 반반이면 되죠?]

노르트리히트 전대의 대원은 그 태반이 정규 군적을 갖지 않은 옛 전투속령의 병사, 바르구스가 차지한다. 과거 연방이 제국이었을 무렵, 유사시의 방어진지로 제국 국경에 두었던 _{볼프스란트}전투속령에 거주하는 예속 전사 계급이었던 그들은 선조 때부터 전장에서 산 탓에 거칠고, 현 정권에서는 용병 취급이라서 군기가 느슨하다. 이것도 상관에게 최대한 경의를 표한다고 하는 말투다.

"그래."

[또 블레이드 재고가 바닥나서 말입니다. 〈저거노트〉의 숫자가 줄어든 데다가 그렇게 미친 무기를 쓰는 건 소위뿐이니까요. 다음 전투부터는 무슨 살인귀처럼 마구잡이로 칼부림하는 건 그만두십쇼.]

XM2를 제식 명칭인 〈레긴레이브〉가 아니라 토대가 된 공화국의 〈무인기〉 명칭인 〈저거노트〉라고 부르는 것도 노르트리히트 전대의 특징이다. 한 달 전, 시험배속 직후의 전투에서 본래의 전대장과 전대의 절반, 대략 1개 중대가 전사하고, 살아남은 사관의 최선임으로 전대장을 이어받은 신이 그렇게 부른 것이 옳은 모양이다.

실제로 발키리의 이름보다는 더 어울리는 이름이라고 부대원 전원이 인정했다.

개발 도중에 테스트 오퍼레이터를, 배치 후에도 전대의 절반 이상을 무자비하게 집어삼키는 강철의 야생마에게 어울리는, 구제한다고 하면서 군중을 치어 죽이는 이형의 신의 이름.

아무나 다룰 수 없는 탓에 군사용어상으로는 전멸 상태임에도 노르트리히트 전대는 재편은 고사하고 단 한 명의 보충도 이루어지지 않았다.

"문제없겠지. 슬슬 《레기온》도 철수할 거다."

[어? ……아, 그런가. ……소위의 그거, 어떻게 굴러가는지는 몰라도 정말 편리하군요…….]

쓴웃음과 두려움이 뒤섞인, 감탄인지 독백인지 모를 말은 무시하고 이번에야말로 레이드 디바이스를 벗었다. 후두 마이크와 비숫하지만 보다 세련되고 기능적인 외관의 금속 고리.

결국 개목걸이와 비슷하다는 것은 변함없다고 문득 생각했다.

고풍스러움을 넘어서 거창한, 전장밖에 모르는 신으로서는 시대가 한둘 정도 어긋났다고 느껴지는 어조의 쩡쩡한 목소리가 차장석에서 들렸다.

"고생이 많구나, 신에이."

"……프레데리카. 또 숨어 있었나."

시트에서 몸을 내밀고서 돌아보는 것은 간신히 열 살이나 됐을까 싶은 조그마한 소녀다.

가냘픈 체구와 군모 아래로 보이는 인형처럼 섬세한 외모. 보석 같은 염홍종의 붉은 눈동자에 무릎까지 내려오는 야흑종의 검은 생머리가 무뚝뚝한 쉿빛 군복과 기이한 조화를 이루었다.
^{역주 보석명 파이로프}
^{역주 보석명 오닉스}

시험부대 배속 전부터 따져서 이미 반년 남짓한 관계가 되는 이 깜찍한 소녀는 자신만만하게 자그마한 가슴을 폈다.

"정비 크루까지 끌어들여서 나를 따돌리려고 하다니 멀었구나. 긴급 출격할 때면 크루들은 최종 체크에 정신없었으니까, 숨어들 틈이라곤 얼마든지 있었다."

"──하사. 귀환하면 할 이야기가 있다."

[소위……?! 아니, 저기, 제 변명도 좀 들어주세요! 이번에는 진짜 정신이 없어서…….]

일반적으로 말하고 무전을 끊은 뒤, 탄식하면서 자신과 똑같은 붉은 눈동자를 내려다보았다.

"출격에 따라오지 않아도 된다고 몇 번이나 말했잖아. 직분을 생각해. '마스코트'."

"내 관제로 움직이는 주제에 무슨 소리를. 애초에 그대에게 그런 소리를 들을 이유도 없지. 소부대라고 해도 지휘관인 자가 동료를 내버리고 혼자 선행하는 건 그대의 나쁜 버릇이다. 베르노르트가 한탄하더군."

먼저 돌아간 나이 지긋한 전대 최고참 중사가 어깨를 으쓱였다.

어깨만 으쓱일 뿐이지 아무 말도 없는 것은, 그것이 진언해야 할 사안이 아니라 개인적인 불만이며, 전술적으로는 신의 판단이 옳다는 것을 베르노르트 자신도 알기 때문이다. 그러니까 신도 그 점은 언급하지 않는다.

"날 쫓아오지 못한 쪽이 잘못한 거다. 합류를 기다리다가 격멸이 지연되면 기동방어의 의미가 없겠지."

뒤처졌던 같은 소대 프로세서들이 말도 하지 않고 쓴웃음을 지었다.

한편 프레데리카는 눈살을 찌푸렸다.

"기동방어라. 그야 그대에게 맞는 임무이긴 한데…… 나는 별로다. 아군의 방어선이 돌파되는 것을 전제로 한 전술이야."

일부러 보병부대를 주력으로 제일선을 구축하고 높은 기동력과 화력을 겸비한 기갑부대는 모조리 후방에서 대기. 적 부대가 제일선을 돌파할 경우에는 바로 그 전장에 투입하여 격멸하는 방어 전술이다. 최근 한 달 동안 《레기온》의 맹공에 서부전선의 각 군이 전진을 정지하고 방어에 전념하는 것으로 소모의 경감을 꾀하고 있다.

"설령 지금은 버티더라도 총병력과 재생산력에 차이가 있는 이상, 언젠가 무너질 것이 눈에 선하구나. ──그렇게 됐을 때 전선의 그대들이 어떻게 될지 생각해 보았나?"

신으로서는 그런 말을 들을 것도 없다. 그리고 신경 쓸 필요도 없는 소리이기에 무시하고 자기 자리에 앉았다.

지금 그런 이야기를 왈가왈부할 것도 없다.

국가가 무너졌을 때 전선의 병사들이 어떻게 되는지── 그들로서는.

그때 프레데리카가 몸을 내밀었다.

"듣고 있나, 신에이. 자기 몸을 아끼지 않는 것도 그대의 나쁜 버릇이다. 그대는 이미 공화국 86구가 아니라 연방의 전장에 있으니까── 히익!"

성량은 별로지만 높게 울리는 소녀 특유의 목소리가 귀찮다. 떠들어대는 소녀의 군모를 코까지 쭉 내려서 입을 다물게 했다.

곧바로 어쩔 줄 모르고 허둥대는 소녀를 내버려 두고 딱딱한 좌석에 몸을 맡겨 눈을 감았다. 야간 습격에 나선 《레기온》의 숫자가 많다. 오늘은 구원 요청도 끊이지 않겠지. 철야 전투의 경험은 한두 번이 아니지만, 수면은 취할 수 있을 때 취해 두고 싶다.

옆에서 프레데리카가 아직도 버둥거렸다.

"우와, 안 벗겨져, 안 벗겨진다. 베르노르트, 도와다오."

"예이예이. 하지만 벗거든 조용히 해 주세요. 일단 소위를 포함해 전원이 연일 계속되는 전투로 지쳤으니까. 자고 싶은 녀석도 있습니다."

"음…… 미안하다."

힐끗 돌린 시선의 기운을 마지막으로 잠시 동안의 수면에 몸을 맡겼다.

수면 속에서도 항상 들리는 기계망령들의 탄식은 지금도 줄어들지 않고, 서쪽 끝까지 대지를 뒤덮고 있었다.

✝

제15호 전진기지(FOB15)는 기아데 연방 서부전선, 제177기갑사단 담당 구역의 예비 제2방어선 후방에 설치된 제141기갑연대의 본거지다.

인원과 펠드레스의 숫자 탓에 지나치게 넓은 그곳의 널찍한 사관식당에서, 유진은 아침 식사 식판을 한 손에 들고 어느 사람을 찾았다. 전선이 이동할 때마다 재설치하는 탓에 새로 지어진 간소한 식당. 10년 전의 시민혁명 이전, 연방이 제국일 무렵이라면 독재자들의 사진이 걸려있었을 안쪽 벽에 연방의 국시인 [우리, 세계에 자랑하는 정의가 되리라]라는 현수막이 걸려있었다.

"흠. 노르트리히트 전대의 사관이라면 저쪽에서 봤다."

"고맙습니다."

"앞장서서 이방인을 이해하고 받아들이려는 그 자세, 훌륭하다, 꼬마 소위. 특히나 그들 에이티식스는 본래 동정을 받아야 할 입장이니까."

하얀 이를 빛내는 순혈 청옥종 대위. 원래 귀족이었던 듯한 그에게 모호한 웃음을 돌려주었다. 그리고 사람들이 북적대는 식당에서 그가 가르쳐 준 방향으로 향했다.

그야 대위의 말은 옳지만. 그 이외의 [에이티식스]는——애초에 만난 적도 없고——정체를 모르겠고 조금 무섭다는 생각도 들었다.

하지만 그런 거창한 게 아니라. 평범하게 말을 걸고 대화하고 어떤 인간인지 알면 될 뿐이라고 생각하는데…….

다민족국가인 연방의 군 기지에는 당연히 다양한 색채의 민족이 있지만, 연령 구성은 꽤나 젊어서 10대 후반 소년소녀의 모습도 눈에 띈다. 유진과 마찬가지로 특별사관학교 출신의 소년사관이다. 중등교육을 수료한 자에게 최소한의 교육만 시키고 소위로 임관, 본래 임관 전에 받아야 할 고등교육은 종군 중에 배우는 특례제도의 적용자.

10년에 걸친 《레기온》과의 전쟁으로 소모가 격심한 사관 숫자를 확보하기 위한 고육지책이다.

그렇긴 해도 중류가정의 자녀에게도 사관으로 가는 길을 닦은 공적은 크고, 무엇보다 지원제라는 게 좋다. 전황이 아무리 악화되어도 시민의 의지를 무시한 징병제를 펼 정도로 연방 정부는 썩지 않았다. 타인에게 싸움을 강제하는 것은 쓰레기들이나 하는 짓이다.

연방은 제국과도, 서쪽의 그 나라와도 다르니까.

병기 취급에 숙련과 지식이 필요한 현대의 전투에서 징병으로 사람을 긁어모아 숫자만 맞춰 봤자 도움이 되지 않는다는 것은 특별사관학교 동기이자 룸메이트이자 버디를 짰던 친구의 말.

"……어이, 왜 노르트리히트 전대 녀석이 여기에 있어?"

"어제 우리 부대가 구원 요청을 했으니까 그렇겠지. 저승사자가 들러붙은 목 없는 해골이라, 기분 나쁘게스리."

"그 녀석들이 온 지 한 달, 격파수가 엄청나다던데. 적도, 아군도."

"그보다 정말로 그 안에 사람이 있는 거였어? 진짜로 기계라고만 생각했어."

"그만해. 그래선 공화국 쓰레기들이랑 똑같잖아. 명예를 아는 우리 연방이 그런 짓을 할 리가 없지."

"맞는 말이군. ──쌍두 독수리에 영광 있으라."

얄궂은 일이지만, 장갑보병인 듯한 덩치의 사관들이 엇갈리면서 나눈 대화가 길잡이가 됐다.

구석의 긴 테이블 한쪽에서 찾던 인물을 발견하고 다가갔다.

군모까지 착실하게 쓴 소녀를 맞은편에 앉히고 묵묵히 식판의 조식을 먹는 더블버튼 블레이저 타입의 평시 군복을 입은 소년.

양쪽 다 야흑종과 염홍종의 흑발과 핏빛 눈을 가졌고, 언뜻 봐선 나이 터울이 큰 남매 같다. 옛 제국의 귀족 계급 특유의 단정한 용모 탓인지 얼굴도 꽤나 비슷해 보이지만, 실제로는 그에게 남은 가족이 없다고 들었다.

혼잡한 아침의 식당에서 거기만 사람이 적은 것은, 순혈을 숭상하는 옛 귀족들은 혼혈이라고 기피하고, 시민들은 지배 계급의 후예라고 기피하는 색채와 용모 때문일까──야흑종도 염홍종도 제국 여명기부터의 지배 계급이지만 그 혼혈은 양쪽 모두에게 특히나 경원시된다. ——아니면 그 소속부대나 그들 자신의 악명 때문일까.

식판 구석을 포크 끝으로 찌르면서 소녀는 카나리아가 속삭이듯이 말했다.

"……신에이. 그대, 버섯은 좋아하나?"

"별로. 그보다 못 먹을 것 같거든 억지로 안 먹어도 되잖아."

"그렇지만…… 남기면 주방 사람에게 미안하지 않나. 정성껏 만들었을 텐데."

"그럼 노력해."

"우우."

그렇게 말하면서 문제의 버섯 버터 볶음을 조그만 조각만 남기고 자기 식판으로 옮기는 모습은 무뚝뚝하게 보이면서도 사실은 다정한 오빠처럼 느껴졌다.

유진은 다가가서 말을 걸었다.

"오래간만, 신."

힐끗 돌아본 핏빛 눈동자가 이쪽을 지켜보다가 한 번 껌뻑였다.

"유진. 여기 배속이었나."

"저번 달부터. 앉아도 될까?"

그렇게 말하고 소녀의 옆자리 의자에 앉았다. 돌아보는 커다랗고 맑은 핏빛 눈동자.

"어제는 고마웠어. 그 해골 퍼스널 마크, 너지?"

신은 잠시 생각했다.

"으음……. 미안, 어느 부대지?"

어제라는 조건만으로는 짚이는 데가 여럿 있는 모양이다.

"하하. 활약했던 모양이네."

두 사람을 교대로 바라보다가 프레데리카가 물었다.

"아는 사이인가?"

"특별사관학교 동기."

"처음 만난 건 그 전이지만. 같은 기갑과 지원에, 기숙사 룸메이트에 훈련 중에는 같이 버디를 짜고, 〈바나르간드〉의 조종 훈련 때도 같은 기체였지."

프레데리카는 이리저리 시선만 움직였다.

"으음……. 고생이 참 많았겠구나……."

유진은 장난스럽게 눈을 빛내며 귀가 솔깃한 반응을 보였다.

"알겠어? 그래, 이 녀석은 거의 말이 없고 무뚝뚝해서 무슨 생각을 하는 건지 통 알 수가 없어서."

"음, 안다. 남이 말을 붙여도 책에서 눈도 떼지 않고, 재미없다 싶으면 맞장구도 치지 않고, 흥미 없는 이야기는 애초에 듣지를 않고."

"평소에는 이 녀석의 피는 무슨 색인가 싶을 정도로 냉철한 주제에, 이상한 데에서 잔뜩 무리를 하고 말이야. 그거 알아? 신의 전설의 0점."

"호오. 그건 또 무슨 이야기냐?"

"전투기술 교련의 모의전 중에 〈바나르간드〉로 점프를 한 거야. 위험조종으로 단방에 실격."

4개월 전, 특별사관학교의 3개월짜리 기초과정의 마지막 이야기다.

  그 자체는 특이할 것 없는 조종기술이지만, 전투 중량 50톤을 넘는 〈바나르간드〉를 도약시키면 기체가 못 버티는 데다가 안에 탄 병사가 다칠지도 모른다. 실제로 그때 포수를 맡았던 유진은 좌석에 뒤통수를 세게 부딪쳐서 눈에서 별이 보인다는 관용 표현을 체험하는 꼴이 됐다.

  애초에 〈바나르간드〉와 상성이 안 좋았던──견고한 복합장갑과 강력하기 짝이 없는 120mm포를 무겁다고 싫어하는 쪽이 이상하지만──신은 이 일을 계기로 〈레긴레이브〉의 시험부대인 1028시험대로 배치 전환되었다……. 그것은 꽤나 적적한 일이었지만.

  그런데 그 이야기의 당사자는 눈앞에서 벌어지는 악담대회에 전혀 관심이 없는 눈치로 커피를 마시고 있으니 재미가 없다.

  나란히 얼굴을 찌푸린 유진과 프레데리카는 동시에 웃음을 퍼뜨렸다.

  "제18중대의 유진 란츠 소위야. 잘 부탁해."

  "프레데리카 로젠폴트다. 앞으로 잘 부탁한다. ……어디."

  설탕과 밀크를 듬뿍 투입하여 달달해진 커피(설탕을 네 스푼째 뜨려던 시점에서 신이 설탕통을 빼앗았다)를 비우고 프레데리카는 일어섰다.

  "옛 친구끼리의 이야기를 방해해선 미안하니까. 이만 물러나도록 하지."

어른용이라서 그녀의 체구와 비교하면 꽤나 큼직한 식판을 두 손으로 들고, 오가는 사람들 사이를 재주 좋게 누비며 걸어갔다.

그 가냘픈 뒷모습을 지켜보는 채로 유진은 물었다.

군 기지에는 어울리지 않는, 나이도 안 찬 어린 소녀.

"……너희 부대 '승리의 여신^{마스코트}'?"

"그래."

이 나라가 제정이었을 옛날에 시작되어서 지금도 군 일부에 남은 풍습이다.

원래는 징병된 병사들이 도망치지 않고 싸우게 하기 위한 방법이라고 한다. 병사들의 딸이나 여동생 정도의 어린 소녀를 전투 부대에 넣고 침식을 함께하게 하여서 가족 비슷한 존재로 만든다. 사랑하는 '딸'을 적에게서 지키기 위해 병사들은 목숨을 아까워하지 않고 싸우게 된다는 것이다.

"우리는 용병 집단 같은 거니까. 뭐, 그 유래처럼 인질이겠지."

용병 같은 거가 아니라 그 자체다.

이를테면 어젯밤에 구원으로 나타난 소대에는 정규 군인이 신 하나밖에 없다. 다른 요원은 용병뿐, 상관을 포함한 사관은 모두 《레기온》과의 싸움으로 죽었다.

"……심한데. 요즘 세상에 마스코트라니. 그것도 용병들 사이에서."

"저 아이가 스스로 택한 길이야."

신의 담담한 어조에 유진은 얼굴을 찌푸렸다.

"아니, 저런 애한테 싸울 이유가 있을 리 없잖아?"

스윽 이쪽을 돌아본 핏빛 눈동자에 유진은 뭔가로 가슴을 얻어맞은 듯한 느낌을 받았다.

어딘가 거리가 느껴지는—— 정확하게는 거리를 두는 법을 익힌 듯한 시선이었다.

같은 장소에 있는 게 아닌 듯한. 단절을 익힌 듯한.

고개를 돌리며 말을 이었다.

"저렇게 어린애한테는 싸울 이유가, 지켜야 할 것은 아무것도 없는데. 가족이나 나라, 정의나 자기 생활, 그런 건 없어. 그런데……왜 싸워야 한다는 거야?——안 그래?"

신은 한 차례 시선을 내리듯이 눈을 감았다.

다시금 뜬 붉은 눈동자는 고요함을 띠고 있어서, 조금 전 느낀 단절의 색채는 이미 보이지 않았다.

"……그럴지도 모르지."

신이 커피를 추가로 받으러 가는 김에 유진의 몫도 받아왔기에, 그가 내민 종이컵을 고맙다는 말과 함께 받았다.

커피라고 해도 밀과 치커리 뿌리를 볶은 대용품이지만. 세력권 전체가 《레기온》에 포위되고 방전교란형의 전파방해로 모든 통신이 먹히지 않는 현재, 다른 나라와는 국교나 무역은 물론이고 서로의 존재조차 확인할 수 없게 된 지 오래다. 대륙 남부나 동남부에서 얻는 진짜 커피 콩은 당연히 입수할 수 없다.

"그러고 보니 여동생이 있었지."

"응, 그래. 나이는 좀 어리지만."

꽉 졸라맨 군복 넥타이 밑, 인식표와 함께 건 로켓 펜던트를 셔츠 위로 만졌다.

"……우리는 부모님도 없으니까. 최대한 좋은 학교에 보내주고 싶으니까 내가 벌어야지."

6년 전. 《레기온》과의 전쟁이 격화되어 고향에서 피난하는 도중이었다.

수도로 가는 피난열차에는 이미 가족 네 명이 다 탈 공간이 없고, 하다못해 아이만이라도 보내야한다며 부모님은 유진과 여동생을 태웠다.

그 이후로 부모님과 만나지 못했다.

가족사진을 챙길 여유는 없었으니까, 당시 아기였던 여동생은 부모님 얼굴도 모른다.

"지금은 초등학교도 여름방학이니, 다음 휴가 때 돌아가면 어디에 좀 데려가고 싶어. 여행은 힘들지만 동물원이나 유원지라도. 그리고 같이 쇼핑도. 여자니까 옷이나 신발, 아, 그리고 보면 연방 수도의 백화점에 새 카페가 오픈했댔나."

줄줄이 열거하는 유진의 모습에 신도 입가가 풀어졌다.

"오빠란 고생이 많군."

"문제 있냐. 안 준다!"

"애석하지만 시끄러운 존재는 이미 충분해."

살짝 질렸다는 쓴웃음으로 답하다가 신은 문득 웃음을 지웠다.

"하지만 그렇다면 더더욱 군인이 되지 않는 편이 좋지 않았나?

지금도 전황은 좋지 않고, 앞으로도 좋아질 일은 없어."

하나뿐인 가족이라면.

언외의 말로 그렇게 전하는 말에 유진도 표정을 바꾸었다.

"그건 이전 전장의 경험에서 나온 판단?"

"──그래."

사관후보생 시절에 물었더니 이야기해 줬다.

그것 때문에 살아남은 적도 있다.

특별사관학교에서는 훈련의 일환으로 후보생을 실전에 내보낸다. 일부러 어설트 라이플과 야전복이라는 구식 장비로 초계 임무에 나가서 전장의 공기를 피부로 체감하고 배짱을 기르는 정도의 '임무'지만, 그게 또 운 나쁘게도 《레기온》의 급습을 받은 것이다. 인솔 교관도 도중에 《레기온》에 당했다. 그때는 신과 같은 조였기에 살아 돌아올 수 있었다고 해도 좋다.

어떻게 《레기온》의 움직임을 읽을 수 있는가. ……왜 그렇게 전쟁에 익숙한가, 그때 그렇게 물었다.

잠시 생각하는 시늉을 보이긴 했지만, 결국 대답해 주었다. 평소처럼 그 담담한 목소리로.

그 과거.

조국으로부터 죽음의 운명을 받았다가 살아남은 이야기도.

군복 옷깃으로 항상 숨기는 목의 멍 자국까지는── 명확한 살의로 만들어진, 참수의 흔적 같은 그 무참한 자국의 유래에 대해서까지는 묻지 않았지만.

전장의 비극도, 《레기온》과의 싸움의 어려움도 잘 알고 있기에 걱정해 주는 거라고 알아차린 유진은 기뻐졌다. 말 없고 무뚝뚝하고 냉철하지만, 나쁜 녀석은 아니다.

그러한 과거가 있는데도 순혈 백계종인 자신과 친구로 있어 주는 것도.

"……뭐, 하지만 그런가. 그렇지."

식어 가는 커피를 한 모금 후루룩 마시고 인상을 찡그렸다. 쓰다. 설탕을 안 넣었다.

"우리 부대는 어제만 해도 열다섯 명 죽었어. 일단 10년 전부터 조금씩 영역을 넓히고 있다고 그러고, 실제로 이 기지도 올해 봄에 전선이 전진하면서 이 위치로 온 모양이지만. 하지만 그렇다고 사람이 안 죽는 건 아니야."

연방의 전신인 기아데 제국은 대륙 북서부에서 중북부에 걸쳐서 동서로 길게 뻗었다. 대륙 제일의 국토 면적과 인구를 자랑하는 초대국이고 군사대국이었다.

연방 성립 직후에 《레기온》의 반전 침공을 받은 뒤에도 국토 전체를 지키는 전투속령이 기능해서 각 전투속령은 각각 절반 이하로 줄어들면서도 생산 활동에 필요한 속령과 국가의 중추인 수도령은 무사히 지켜냈다.

그렇게 유지된 강대한 국력과 군사력, 더불어서 황립연구소에 남아 있던 《레기온》의 스펙 데이터 일부와 10년 동안의 전쟁에서 축적된 《레기온》과 싸우는 노하우.

그것들을 총동원하여서 가까스로 《레기온》에 맞서고, 차츰 전진에도 성공하는 것이 연방의 전황이다. 국가의 안녕도 국토의

확장도 모두 국력과 병사의 목숨을 물처럼 소비해 이뤄내는 것에 불과하다.

애초부터 종합적인 성능을 보면 탑승자라는 약해 빠진 파츠가 없어도 투입이 가능한, 우월한 기술력을 가진 《레기온》이 모든 면에서 연방의 병기를 웃돈다.

더불어 중추처리계에 변경불가 수명 프로그램이 들어있을 터인 《레기온》은 전사자의 뇌 구조를 집어넣는 것으로 주어진 수명을 극복하고——신은 그런 개체를 〈검은 양〉이라고 불렀다——끝없는 전투와 살육을 가능케 했다. 보다 열화가 적은 뇌수를 노획하려고 적극적으로 인간을 산 채로 잡아들이는 개체군 〈머리사냥꾼〉도 확인된 현재, 한계에 가까워지는 것은 오히려 연방 쪽이다.

"어제 내가 본 범위에서는 다른 부대도 비슷한 상황이었어. 제2방어선까지 먹히지 않은 게 신기할 정도야."

"대장들은 위험할 때는 이 정도가 당연하다고 그랬는데. 서부전선은 연방 최대의 격전지고, 제177사단 구역도 서부전선에서는 흔한 격전구니까 그렇다고."

연방의 동부전선 및 남북의 제1부터 제4전선은 산악지대나 고지대, 강 같은 자연의 요해처가 많아서 아직 어렵지 않게 방어선을 유지하고 있다. 유일하게 지키기 어려운 광대한 평원을 전장으로 하는 서부전선은 숫자로 대항할 수밖에 없고, 총연장 400킬로미터의 전선에 주류하는 총전력은 각 전선 중 최대인 4개 군단. 불리한 전장에서 《레기온》과 맞서는 서부전선 병사의 사상률은 지극히 높아서, ……당연히 전사자도 모든 전선 중 가장 많다.

"당연한가. 나도 여기 전장을 한 달 정도 경험했지만, 당연하다고 생각해도 될 사망자 수는 아니야. 《레기온》의 격파수와 이쪽의 사상자 수가 맞질 않아. 전선이 유지되는 것치고 너무 죽는다는 생각이 들어."

"정말로 이기고 있다는 느낌이 전혀 없어. 대장들은 익숙하기도 하겠고, 더 위쪽의 군 상층부는 결국 다들 대귀족 출신이니까 하층민 따위가 몇 명 죽든 숫자일 뿐이라서 가축이 줄어든 느낌이겠지만."

그렇게 말한 뒤에 떠오르는 바가 있어서 입을 다물었다.

눈앞의 상대는 조국이 인간 형태의 가축으로 취급해 전사자로도 카운트되지 않았다고 들었다.

"……미안."

"음? 뭐가?"

의아한 얼굴을 하기에 아무것도 아니라며 손을 내저었다. 모른다면 됐다. 일부러 아픈 기억을 되살릴 것도 없다.

하지만.

문득 유진은 의문스럽게 생각했다.

그렇다면 왜 신은 이 전장으로 돌아온 걸까.

신에게는 가족이 없다.

조국이었을 공화국에 모두를 빼앗겼다. 신만 남기고 다 죽었다.

연방 출신이 아닌 그에게는 이 나라에 지켜야 할 누군가도 없고, 조국이나 동포를 지킨다는 이념도 없고, 연방 정부의 지원과 보호를 받을 수 있으니까 먹고살기 위해서라는 얄궂은 이유조차도 없을 터이다.

그런데—— 왜?

"……신, 저기."

"뭐지?"

"아니, ……그럼 너야말로."

정말로 물어도 되는 걸까? 주저를 느끼며 유진은 말을 흐렸다.

붉은 눈동자가 문득 유진에게서 떨어져서 다른 장소를 향했다.

기지의 두꺼운 방어벽을 넘어, 아득한 거리를 넘어 먼 곳을 바라보았다. 떠도는 공기가 살짝 차가워지고 짓눌리는 기분이 들어서 유진은 입을 다물었다.

"……왜……."

그래? 라고 물으려고 했다.

그 순간.

울려 퍼지는 사이렌이 질문을 빼앗았다.

경합구역 깊은 곳까지 진출한 자주무인 정찰기가 《레기온》을 탐지했을 때의 경보다.

과거에 《레기온》을 개발하고 대륙 전체에 침략 전쟁을 벌였던 기아데 제국이지만, 그 후계자인 기아데 연방은 원격 조작의 정찰기 이외의 무인기를 운용하지 않는다.

제국 시대, 고등교육은 독재정권을 구성하는 대귀족과 그 밑의 귀족 계급이 독점했다. 시민계급이 중심인 연방에서는 아무래도 제국 당시의 엄청난 기술력을 따라갈 수 없다. 《레기온》의 인공 지능을 거의 혼자 힘으로 만들어낸 주임 연구자가 전쟁 발발 전에 사망한 탓도 있어서 연방에서는 《레기온》을 대신할 완전자율식 무인전투기계를 개발하지 못했다.

또한 개발했다고 해도 운용해선 안 된다는 것이 연방 정부에서 시민들까지 공통된 주요 의견이다. 국가 동포를 지키며 싸우는 것은 시민의 의무이며 권리다. 기계에 맡길 수 없고, 기계 따위에 빼앗길 수 없다.

제어를 잃은 자동기계가 어떻게 되는지는── 지금 바로 눈앞에 있으니까.

침묵은 한순간, 긴박은 그대로 갖춘 채로 소란스러워지는 식당 안에서 두 사람도 일어섰다.

"연일로 오나. 정말이지 고철들은 바쁘군. 여자한테 인기가 없 겠어."

"자동공장형의 어원이 여왕벌이라면, 일벌인 《레기온》도 따지 자면 여성이 아닌가?"

"남자들이 우글대는 연방군에 남자를 낚으러 오는 거야? 너무 뜨거워서 눈물이 다 난다."

농담을 주고받으면서 식당을 나가 복도에서 헤어졌다. 정규 기 갑부대인 유진과 연구국에서 파견 나온 형태인 시험부대에 속한 신은 명령체계가 다르다. 기체의 격납고도 다르다.

"그럼 나중에 또 보자."

"그래."

연방 서부전선은 장애물이 많고 공간이 좁은 삼림지대와 도시 폐허를 주전장으로 하듯이 구성되어 있다.

《레기온》의 주력인 전차형과 전선 돌파에 중점 투입되는 중전차형^(디노자우리아)을 상대로 조금이라도 유리하게 싸우기 위한 작전인데, 그게 역효과를 내는 일도 있다. 똑같이 거구인 〈바나르간드〉도 움직이기 어려운 지대이며, 예를 들어서 동료와의 연계가 끊긴 상태로 경량급 근접엽병형 집단의 공격을 받으면 대단히 불리하다.

서부전선 특유의 침엽수와 활엽수가 뒤섞인 독특한 식생의 숲속. 사방만이 아니라 단단하고 굵은 나무줄기를 타고 올라가서 위에서도 공격해 오는 근접엽병형을 떼어내려고 유진은 〈바나르간드〉를 몰았다. 50톤의 중량이 땅을 박차는 땅울림에 고요한 숲이 흔들리고 구동계가 삐걱대는 비명.

《레기온》은 밤낮을 가리지 않고 해일처럼 밀려들어 공격한다.

띄엄띄엄, 불규칙하게, 하지만 집요하게. 착실하게 이쪽의 전력과 체력과 사기를 깎아내기 위해 습격은 반복되고, 한 번 공세가 시작되면 길게는 보름 가까이 전투가 계속된다.

재생산에 연 단위 시간이 드는 인간과 달리 지배영역 안쪽의 자동공장형에서 먹구름이 생기듯이 양산 가능한 《레기온》이기에 가능한 전술이다.

전쟁터의 하늘은 항상 방전교란형의 은색 구름에 뒤덮여서 센서도 레이더도 데이터링크도 방해를 받고, 장거리포병형의 맹포격^(스코피온)이 산발적으로 보병의 참호를 덮친다. 하나하나의 성능으로는 장갑보병은 근접엽병형에, 〈바나르간드〉는 전차형에 못 당하지만, 놈들이야말로 이쪽을 웃도는 대전력으로 연계공격을 한다. 전술의 치졸함, 단순함은 병기의 성능과 숫자의 폭위로 메우는, 망령의 군대라는 이름에 어울리는 맹공이다.

지는 걸까, 때때로 그렇게 생각한다.

우리는—— 연방은. 인류는. 이 싸우는 이유도 목적도 없는 살육기계에 언젠가 버텨내지 못하고 패배하는 걸까——…….

[란츠 소위! 멍하니 있지 마라. 죽고 싶나?!]

"죄, 죄송합니다!"

말과 동시에 조종석 등을 걷어차여서 유진은 순간적으로 **빠졌**던 생각에서 되돌아왔다. 레이더 스크린을 뒤덮는 《레기온》의 붉은 광점. 가까스로 온라인 상태인 종합정보시스템(Vetronics)이 다목적 홀로스크린에 각 부대의 전투상황을 표시했다.

전황은 별로 좋지 않다. 기동방어 담당으로 제2방어선 후방에 두었을 터인 기갑부대가 대부분 최전선에 있다.

노르트리히트 전대—— 신의 소속부대도 근처에 전개 중이다. 돌격하는 전차형 집단을 측면에서 급습, 그대로 적과 아군이 뒤섞인 난전으로 몰고 가서 돌격의 기세를 완전히 깎는다. 돌격의 정면에 있던 우군 기갑부대는 그 틈에 태세를 정비하고 노르트리히트 전대와 연계해 반격을 개시했다.

신의 부대는 언제나 그를 가장 필요로 하는 전장에 나타난다.

하지만 그것은 동시에 가장 위험한 전장이다. 《레기온》의 잔해를 쌓는 와중에 아군 병사도 농담처럼 픽픽 죽어가는, 말 그대로 시체가 산을 이루고 피가 강을 이루는 곳이다.

모두가 기피하는 전화의 지옥에 앞장서서 뛰어드는 그 모습.

인간의 피를 마시는 악마들이라고 그들을 야유하는 목소리가 전선부대에 퍼지는 것은 유진도 알고 있다.

발키리의 이름을 짊어진 목 없는 백골은 피와 죽음의 냄새를 맡고 찾아온다고.

치직, 하고 강렬한 노이즈가 모든 광학 스크린과 다목적 홀로윈도우를 지나갔다.

홀로윈도우의 방전교란형의 분포밀도가 변했다. 전파방해가 심해졌다.

모든 것이 노이즈로 뒤덮이기 직전—— 다급히 후퇴하는 노르트리히트 전대의 광점과 오픈 회선으로 모든 부대를 향해 뭐라고 외치는 목소리가 기묘하게도 의식 구석에 남았다.

하늘. 날아온 뭔가가 작렬했다. 발생한 충격파가 공간을 달렸다.

탄속이 느린 무반동포조차도 음속을 뛰어넘는 현대전에서—— 포성은 언제나 뒤늦게 찾아온다.

강철의 비가 내렸다.

강렬한 전파방해 속에서 무전이 완전히 침묵한 가운데, 인간의 집합무의식을 통한 지각동조는 그 영향을 받지 않는다.

[무사한가, 신에이.]

"그래."

[다행이군.]

그렇게 말하는 프레데리카의 목소리는 떨리고 있었다.

[하지만…… 미안하다. 안 좋은 소식이구나.]

쏟아지는 폭발성형관통탄의 비에 찢겨서 희미한 연기를 피우는 쇳빛 잔해를 올려다보며 신은 조용히 입을 열었다.

"프레데리카. —— '눈'을 감고 있어."

눈을 뜨자, 싱싱한 녹음 사이에 있었다.

머리 위를 뒤덮는 오크나무나 너도밤나무의 부드러운 녹색. 가문비나무와 소나무의 날카로운 녹색. 방전교란형의 구름과 겹겹이 깔린 나뭇잎 때문에 빈곤한 햇빛이 주위에 깔린 안개를 아련하게 통과하며 그 안개마저도 녹색으로 물들였다. 흘러넘치는 듯한, 솟아나는 듯한, 북쪽 여름 숲의 투명한 녹색.

이슬로 젖은 풀의 감촉이 뺨에 닿으면서, 쓰러져 있던 것을 알았다. 바로 옆에는 거대한 동물의 사체처럼 웅크리고 주저앉은 〈바나르간드〉의 쇳빛 그림자.

옆에는 가느다란 그림자가 무릎을 꿇고 있기에 유진은 흐려진 눈을 부릅떴다.

"신."

핏빛을 띤 시선이 조용히 이쪽을 향했다. 이럴 때도 흔들림 하나 없는, 냉철한, 조용한 붉은 눈동자.

저승사자라는 게 정말로 있다면 이런 눈을 하겠지.

"대장, 은······?"

"죽었어."

"나는, 어때······."

살 수 없다는 건 어렴풋이 알았다. 조금이라도 가능성이 있다면 신은 이런 식으로 그냥 내려다보지 않는다.

"안 듣는 게 좋아."

"가르쳐 줘."

신은 한 차례 탄식했다.

"하반신이 없어."

그냥 뜯겨 나갔다는 어중간한 상태가 아니라는 것은 신의 쇳빛 탑승복의, 피의 강에 잠긴 듯한 꼴로 상상할 수 있다.

정말이지······ 못된 녀석은 아니야. 어울리지 않는다는 걸 알면서도 쓴웃음이 나왔다.

데리고 나와도 헛일이라는 것을 알 텐데도 군복을 더럽히면서, 그리고 고통도 느끼지 않게 하려고 모르핀도 써 주었다. 살아날 수 없는 병사에게 귀중한 진통제를.

그래도 밖으로 데리고 나와 준 것은 고마웠다.

폐쇄된 콕핏 안, 자기 피와 내장의 냄새에 잠겨서 죽는 것은 싫었으니까.

"신······ 마지막으로 부탁이 있어······."

"뭐지?"

"로켓을, 가져다주겠어······? 장비품함 안에 있으니까······."

내려다보는 두 눈동자가 살짝 흔들리기에 유진은 깨달았다.

그래, 가져오더라도 나는 이미 두 손도.

피로 더러워지지 않도록 하기 위함일까, 신은 글러브를 벗고 로 켓을 꺼내오더니 잠시 생각한 뒤에 탑승복 옷깃을 통해 옷 안에 넣어주었다. 금속의 차가운 이물감에 체온이 전해져서 곧 따뜻해 지는 감각.

불길한 까마귀처럼 소리도 없이 일어선 신이 오른쪽 다리의 홀 스터에서 권총을 뽑았다.

슬라이드를 당겨서 초탄을 약실에 장전. 연방군에서 펠드레스 탑승원에게 지급하는 것보다 대형인 9mm 자동권총. 《레기온》 의 장갑에는 무력한 최후의 무기.

같은 일을 하라고 한다면 나는 손이 떨려서 아무것도 못할 텐데, 이쪽을 향하는 총구와 시선은 미동도 하지 않았다.

그것이 냉담함 때문이 아니라는 것을 알기에 마지막 힘으로 필 사적으로 웃었다. 웃음을 돌려줘야 한다. 최소한 그것만이라도.

"미안. ……고마워."

총성.

아직 살아있다고 프레데리카는 말했지만, 도와주라고 말하지 는 않았다. 그러니까 어떤 상태인지는 알고 있었다.

"파이드, ……."

그 이름을 부르려고 했다. 그 충실한 〈스캐빈저〉는 《레기온》의

지배영역에서 스러져서 더는 데려가지 않아도 된다는 것을 떠올리고 입을 닫았다.

연방군은 시신이라도 전우를 버리지 않는다. 이 전투가 끝나면 유진의 유해도 회수되어서 가족에게 보내지고 정중하게 장례를 치르겠지. 어쩌면 영혼이라고 해야 할 것도 세계의 끝에 있는 어둠 속으로 돌아가기 전에는.

다만 그 이름과 죽는 순간의 모습과 웃는 얼굴과 몇 번이나 들은 가족 이야기를 기억에 새겼다. 여태까지 지켜본 수백 명의 동료들과 마찬가지로.

해 줄 수 있는 거라곤 항상 이것밖에 없다.

전사보고를 위해 두 개의 인식표 중 한쪽을 챙겼을 때, 엄청나게 무거운 것을 억지로 구동시키는 시끄러운 발소리가 다가왔다.

《레기온》은 아니다. 그들의 초고성능 구동계와 완충계는 중전차형조차도 발소리를 시끄럽게 내지 않고, 애초에 《레기온》이 접근해 오면 알 수 있다.

이윽고 녹색 안개 저편에서 제17중대의 바늘두더지 중대마크를 한, 상처 입은 〈바나르간드〉가 모습을 보였다.

웅크린 〈바나르간드〉와 동료의 시신 옆에 선, 하지만 자기 부대원이 아닌 소년병의 모습에 제18중대에서 유일하게 살아남은 〈바나르간드〉의 오퍼레이터는 기체의 발을 멈추었다.

어디에 《레기온》이 얼씬거리는지 모르는, 사투가 계속되는 전장의 한 곳이다. 하물며 자위용 어설트 라이플도 들지 않았다면 이미 제정신인지 의심해야 할 정도로 무방비하지만, 기묘하게도 그 고요한 모습에는 위험하다는 느낌도 없었다.

웅크린 〈바나르간드〉의 그늘에는 그의 파트너인 듯한 네 다리의 하얀 펠드레스가 대기 상태로 있어서, 오퍼레이터는 숨을 삼켰다.

〈레긴레이브〉. 전사자 다수의 격전장에만 나타나는, 불길한 목 없는 해골.

소년은 헤드셋을 벗었으니까 무전으로는 대화할 수 없다. 경계하면서 뒷자리의 차장 겸 포수가 캐노피를 열었다.

소년병은 힐끗 이쪽으로 시선을 움직이고 살짝 눈썹을 치켜들었다. 오퍼레이터는 작게 신음했다.

"노우젠……!"

특별사관학교 동기였다.

결국 어중이떠중이를 모아서 숫자만 채울 뿐인 특별사관학교, 입을 줄이려고 입교한 아이들뿐인 후보생. 그중에서 나름 우수하고 전투기술 교련 성적은 탁월하게 좋았다. 하지만 명령위반 등의 문제행동도 꽤나 많아서 결국 어디 시험부대로 전속됐다. 전투속령 출신인 최하층의 인간들뿐인, 자폭병기를 다루는 처벌부대라는 소문인 곳.

그 전에는 마찬가지로 동기이며 저 기체의 오퍼레이터인 유진 란츠와 룸메이트였고 버디였다.

저기 쓰러진 반쪽뿐인 시신이 그 유진이라고 깨닫고 숨을 삼켰다.

"마침 잘됐군. 전사 보고를 해 줘."

쌀쌀맞게 이쪽으로 던지는 것을 받아보니 인식표였다.

차장이 조용히 물었다.

"네가 자비를 베풀었나?"

한 손에 아무렇게나 든 권총과 풀들에 흩어진 피를 보고 그렇게 판단한 모양이다.

부상자의 치료우선 선별은 본디 전문 군의관의 영역이지만, 때로는 전문가의 판단을 묻는 여지도 필요 없는 것이 전장이다. 보내봤자 늦는다면 그 자리에서 편하게 해 주는 것은 오히려 온정 있는 조치다.

신이 끄덕였다. 복잡한 얼굴을 하면서 고맙다고 말하려던 차장을 가로막듯이 오퍼레이터가 외쳤다.

"——왜 도와주지 않았던 거야?!"

대답은 없었다.

이쪽을 바라보는, 지극히 차갑고 조용한 핏빛 눈동자.

"유진이라고 알고 있었잖아? 오늘 아침에 만났다고 출격 전에 녀석이 말했어. 너도 알고 있었잖아?! ……왜 도와주지 않았어! 너는 다른 부대의 전투에 끼어들어서 마음껏 부수고 다니잖아!"

기동방어를 맡는 기갑부대 중에서도 노르트리히트 전대의 총격 파수는 발군이다. 다른 부대가 발뺌하는 격전구에서 계속 싸우면 당연히 그렇게 된다.

그렇게나 강하면서.

연방 덕분에 목숨을 건지고, 보호를 받아서, 사실은 이렇게 싸우지 않아도 되는 주제에!

"어차피 고철들을 죽이는 쪽을 우선했겠지! ──전쟁에 미친
에이티식스가!"

에이티식스.

그것은 조국인 산마그놀리아 공화국이 인간처럼 생긴 가축이라
고 정의하고, 기아데 연방이 구한, 공화국 출신의 동포들.

강제된 결사행군 끝에 연방령에 도달한, 고작 다섯 명의 소년병
이다.

신은 침묵했다.

계속 말을 이으려던 부하의 어깨를 상관인 차장이 붙잡았다.

"마르셀 소위, 그만해라. 공화국의 쓰레기들과 똑같은 곳으로
떨어질 생각인가."

조용한 목소리에 마르셀은 입을 다물었다. 공화국이 그 시민일
터인 〈에이티식스〉에게 한 수많은 악행은 그들이 보호된 반년 전
에 TV나 라디오를 통해 연일 보도됐으니까 알고 있다.

그런 놈들과 똑같다니.

하지만.

마르셀의 어깨에 손을 올린 채로 차장이 고개를 숙였다.

"마르셀 소위의 무례를 사과하지. 그리고 란츠 소위에게 베푼
온정에 감사한다. 고맙다. 그리고 미안하다."

"……아니."

살짝 고개를 내저은 신을 어딘가 가슴 아프게 바라보면서 차장은 잠시 생각했다.

"혹시 도움을 받은 은혜를 갚을 생각으로 연방군에 지원했을지도 모르지만, 그런 짓은 하지 않아도 된다."

"……."

"우리 연방은 결코 《레기온》 따위에 굴하지 않는다. 그것은 전투만이 아니라 정의에서도. 우리는 스스로의 의지로 가족을, 조국을, 동포를, 이 나라의 이상을 지키기 위해 싸운다. 너희처럼 가없는 아이들에게 싸움을 강요하는 일은 결코 없다. ……지금이라도 늦지 않아. 퇴역하고 행복하게 지내라."

돌아온 것은 평탄한 시선뿐이었다.

시선이 떨어졌다. 소속이 다르다고 해도 상관에게 침묵하는 무례함을 유지한 채로 등을 돌렸다. 조용하지만 쌀쌀맞은 열기 없는 목소리가 뒤이어 날아왔다.

"《레기온》이 옵니다. 어서 우군과 합류를."

자신의 〈저거노트〉── 〈언더테이커〉의 콕핏에서 신은 다목적 윈도우에 표시된 전황을 훑어보았다.

그때 이미 유진의 전사는 의식 밖으로 쫓아냈다. 5년에 걸친 전장 생활로 익숙해진, 전투기계의 사고.

문득 떠올리고, 한차례 절단했던 지각동조를 기동했다. 연방이 제국이던 시절부터 전쟁을 생업으로 삼아온 다른 부대원은 어떨지 몰라도, 아무리 그래도 지인을 죽이는 소리를 프레데리카에게 들려줄 수는 없다. 보지 말라고 당부했으니까 보지 않았겠지만.

과연 기동과 동시에 프레데리카가 말했다. 기다렸던 모양이다.

[신에이인가.]

"전황은?"

종합정보시스템의 데이터링크는 아직 살아나지 않았다. 《레기온》의 위치는 어디에 있든지 파악할 수 있지만, 아직 살아있는 우군의 전개 상황은 적의 움직임에서 역산하지 않으면 모른다. 추측은 불가능하지 않지만, 이 전장은 그가 아는 곳보다도 동료의 숫자가 많다. 파악하는 이에게 묻는 게 빠르다.

[좋지 않구나. 주력은 예비 진지까지 후퇴해서 태세를 정비하고 있다. 방금 포격의 피해가 막대했던 모양이다.]

"자세한 피해 상황은 알겠어?"

[몇몇 부대의 지휘관이 보이지 않는데……. 이쪽도 지휘차 겸용이라고 해도 데이터 링크가 거의 회복되지 않아서…….]

방전교란형의 중층 전개가 해제되질 않는다. 그걸 태워버리기 위한 고사포가 장거리포병형의 저지사격 때문에 전진하지 못한 모양이다.

표정 하나 바꾸지 않은 채로 힘들겠다고 생각했다.

연방의 전력은 공화국과 비교도 되지 않을 만큼 많다. 운용하는 각 병기도 우수하다. 포격이나 데이터 링크의 지원도 받을 수 있다. ……그래도 그 이상으로 대치하는 《레기온》이 훨씬 강하다.

공화국의 엉터리 방어 시스템이 9년이나 버틸 수 있었던 것은 사실 《레기온》이 연방과의 전투에 전력 중 태반을 할애했기 때문이겠지. 어쩌면 공화국 측의 전선 자체가 일종의 실험장, 교련장 정도의 취급이었을까.

[──사단 사령부에서 연락이 왔다. 재공격에 맞춰서 노르트리히트 전대는 측면에서 급습한다. 지점 27-32에 집결, 별도의 명령이 있을 때까지 대기하라. ……통신병이 직접 왔다. 고생이 많구나.]

"알았어."

〈언더테이커〉의 방향을 돌렸다. 잠시 뒤에 베르노르트가 합류했다. 덩달아서 휘하 소대의 나머지 두 명이.

전역 전체에 흩어졌던 전대기가 차례로 모이고, 레이더 스크린에 우군을 표시하는 파란 광점이 그 숫자만큼 켜졌다.

익숙한 퍼스널 마크의 광점이 표시되는 동시에 이 전장에서 오래간만에 듣는 목소리가 말했다.

[──우리 부대가 다 모이는 것도 신기한데. 〈바나르간드〉가 그만큼 당했단 소린가.]

〈베어볼프〉.

부대 코드, 기체 번호와 함께 표시된 그 이름을 힐끗 보고, 연결해 온 동조 상대에게 신은 대답했다.

"라이덴. ……그쪽이 지원하러 간 곳은 어떻게 됐지?"

[애석하게도 이쪽도 정규 기갑부대 놈들은 괴멸상태야. ……재공격이라고 해도 본대 전력은 그리 기대할 수 없을 것 같아.]

[……애초부터 별 기대는 하지 않았지만.]

[그보다 이번에도 또 반격에 실패하면 고립되는 장소네. 급습이라고 하지만 선봉 세력을 붙드는 미끼란 소린가.]

[전황은 최악이지만 자력으로 알아서 해라, 이런 건 결국 어디든 다름이 없네.]

전역 전체에 흩어졌던 에이티식스 동료들이 차례로 말했다.

강렬한 전파방해로 지직거리는 레이더 스크린에 과거의 전장과 같은 이름이 비쳤다.

그걸 보며 신은 한 차례 탄식했다.

힘들게 도달한 이 나라에서도 전쟁의 형태는 변하지 않는다. 기계망령의 군대에 인간들은 압도되고 묶여서 잡아먹히려고 한다.

수많은 동료들이 사라진 전장 끝에서 같은 전쟁이 거듭되고 있다니──그러한 전쟁에서 다시금 싸우게 될 거라고는 생각도 하지 않았다.

특별정찰이라는 이름의 결사행군에 나섰던.

그 무렵에는.

제2장 판처리트

특별정찰은 생각 이상으로 평온하여, 각오했던 날짜를 넘기면서 계속 전진할 수 있었다.

상대했던 부대를 첫날에 괴멸한 게 유리하게 작용했겠지. 경합 지역을 빠져나가면 레기온들에게 오히려 안전한 지배영역. 초계 빈도도 높지 않다. 신의 능력으로 《레기온》들의 위치와 이동 방향을 파악하여 조우를 회피하는 진로를 선택, 혹은 잠복하여 넘기고 가급적 전투를 피하면서 그들은 동쪽으로 계속 나아갔다.

본격적인 가을이 되어가는 계절의 야영, 무미건조한 합성식량밖에 없고 언제 죽게 될지 모르는 적 세력권에서의 행군이었지만, 그것은 그들이 간신히 손에 넣은, 처음 맛보는 자유로운 여행이었다.

《레기온》 지배영역이라고 할지라도 과거에 사람들이 살았고, 지금은 사람들이 없다고 해도 도시도 마을도 아직 남아 있다. 기회가 나면 그런 폐허를 탐색하고, 야생으로 변한 가축을 사냥한다. 가능한 상황이라면 야영하는 밤에 모닥불을 피우고, 전진함에 따라 변해 가는 거리와 마을의 풍경이나, 지금은 아무도 모르는 자연의 절경을 즐기면서.

이윽고 가을의 기운도 깊어지고, 통과하는 폐허의 표식에서 공화국의 지명이 하나도 남지 않는 대신 제국의 지명만이 눈에 띄게 됐을 무렵.

그 장소에 그들은 도달했다.

"파이드."

"너는 우리가 여기에 도달한 증거다. ──풍화될 때까지 그 임무를 다해."

옆구리에 포격을 맞아서 영원히 침묵한 파이드의 옆에서 한쪽 무릎을 꿇었던 신은 천천히 일어섰다.

마지막에 내린 명령은 망가져 가는 〈스캐빈저〉에게 닿았을까. 거기에 담긴 의도를── 조악한 처리능력밖에 없는 쓰레기통은 이해할 수 있었을까.

돌아보니 라이덴이 돌아오고 있었다.

"괜찮겠어?"

잠시 생각하고서야 무슨 의미인지 깨달았다. 죽은 동료들의 이름을 새긴 알루미늄 묘비.

형의 것도 포함한 576개 전부, 파이드와 〈저거노트〉의 잔해를 모아 여기에 두고 간다고 방금 막 결정했다.

"그래. 이렇게 된 이상 우리도 그리 오래는 갈 수 없겠고."

가까스로 파이드 이외의 전원이 살아남았지만, 아까 전투로 〈저거노트〉는 〈언더테이커〉 이외의 모든 기체를 잃었다. 남은 무기는 자위용 소화기 정도밖에 없는 지금, 강대하기 짝이 없는 《레기온》과 싸울 힘은 이미 없다.

다음에 전투가 벌어졌을 때가 정말로 끝이겠지.

그걸 알면서도 신은 희미하게 웃었다.

불타버린 파이드의 컨테이너를 손등으로 툭 때렸다.

"이 녀석에게 이 정도 보상은 해 주고 싶어. ……이 녀석은 더 이상 데려갈 수 없으니까."

죽은 이의 유품으로 장갑 파편을 뜯어내는 충실한 스캐빈저가 없어졌으니까.

라이덴도 희미하게 웃었다. 그들에게는 이미 말할 필요도 없다.

눈앞으로 닥쳐온 자신들의 종말 따위는.

"즐거운 하이킹도 드디어 끝인가."

숨을 내뱉고 웃음을 지운 뒤 서쪽을—— 여태까지 지나온 뒤쪽을 돌아보았다.

가을도 깊어지며 활짝 갠 푸른 하늘 아래로 갈색만이 펼쳐진 전쟁터. 불어오는 바람에 살짝이나마 남아 있는 노란색 꽃잎이 춤추고, 얼마 전부터 나란히 달리는 형태로 저 멀리까지 시커멓게 뻗은 여덟 개의 복선 레일이 다소 얄궂다. 아무도 없는 이 평원에 남겨진, 옛사람들이 교류한 흔적.

"하지만 엄청난 숫자였지."

"……그래."

간신히 빠져나올 수 있었던 《레기온》 지배영역 최심부는 과거

에 그 한탄의 목소리로 추측했던 것처럼 막대한 숫자의 《레기온》
이 꿈틀대고 있었다.

초원 전체에 쇳빛의 모자이크처럼 빈틈없이 가득했던 대기 상
태의 전차형과 중전차형들. 한 쌍의 거친 강처럼 전선과 후방을
쉴 새 없이 오가는 회수수송형의 대열. 대기 중인 방전교란형의
무리가 말라비틀어진 숲을 은색의 얼음나무처럼 뒤덮고, 언젠가
길을 잃고 들어간 곳은 광물자원을 채굴한 것인지 깎여나간 산의
잔해와 크레이터처럼 파여서 죄다 붉게 메마른 대지의, 이 세상
의 끝 같은 풍경.

아마도 그것이 자동공장형이나 발전공장형이겠지. 너무나도
거대해서 전체상도 잡히지 않는 괴물이 짙은 아침안개 속을 기어
다니는 모습도 보았다. 이동하는 《레기온》의 대군이 주변 일대를
가득 메우고, 때로는 차가운 빗속에서 며칠이나 잠복해야 했던
적도.

그 정도나 되는 기계망령의 군세에—— 저항할 방법이 있을 리
도 없다.

이 전쟁은 공화국이 패한다.

어쩌면 인류 그 자체가.

——언젠가 이 장소까지. ……그녀가 도달하는 날은 올 것인
가…….

분리된 마지막 추가 컨테이너에 무사한 물자를 넣고 〈언더테이
커〉에 견인시키기 위해 억지로 와이어와 윈치를 연결했던 앙쥬가
돌아왔다.

"거기 두 사람, 이쪽 작업은 끝났으니까 슬슬 가자. 너무 늦어지면 전투 소리를 탐지한 다른 《레기온》들이 올 거야."

눈을 돌려보니 함께 접속작업을 했던 크레나와 세오가 각각 〈언더테이커〉와 컨테이너에서 뛰어내리고 있었다.

여기서부터는 교대로 〈언더테이커〉를 조종하면서 전진하게 된다. 혹시 《레기온》과 맞닥뜨릴 경우 그때 조종하던 녀석이 싸우고, 다른 이는 방해가 되지 않도록 도망친다고 아까 모두가 의논하여 정했다.

기지개를 켜고 그대로 머리 뒤에 두 손을 모은 세오가 입가를 늘어뜨렸다.

"그렇긴 해도 하필이면 신의 〈저거노트〉인가……. 신의 파라미터 설정은 조작계가 너무 민감해서 솔직히 무서워. 여기저기 리미터도 손대났고."

〈언더테이커〉가 〈저거노트〉에는 본래 불가능한 기동을 할 수 있는 것은 그게 이유다. 물론 신의 조종기술이 '네임드' 중에서도 탁월하니까 가능하지만.

크레나가 묘하게 신이 난 모습으로 손을 들었다.

"그럼 처음에는 내가 탈래. 아까 제일 먼저 당해서 피곤하지 않으니까."

살아남았다고 해도 이미 오랫동안 전문 정비를 받지 않은 〈언더테이커〉도 많이 망가져서, 크레나는 낯선 기체인 것 이상으로 위험천만하게 기체를 일으켜 세웠다. 그것이 견인하는 컨테이너 위에서 신은 문득 뒤쪽으로 의식을 돌렸다.

꽤나 이전부터 따라오는 《레기온》이 있다.

왜인지 습격은 하지 않는다. 척후나 감시 목적이라고 생각하는데, 다른 《레기온》을 불러들이는 게 아니라 그저 혼자서 후방을 따라오고 있다. 매복하려고 해도 이쪽이 멈추면 저쪽도 그동안 멈추고, 아마도 되돌아가도 똑같겠지.

〈저거노트〉의 무기는 주로 직접 조준하기 때문에 사거리가 짧고, 눈으로 보이는 범위 내에서만 공격할 수 있다. 이쪽은 지평선 너머에 숨은 《레기온》을 어떻게 할 방법은 없고, 공격해 올 낌새가 없으니까 다른 이들에게는 말하지 않았지만.

목소리를 보자면 〈양치기〉. 기묘하게 낮기 때문에 말 그 자체는 알아들을 수 없지만, 어딘가에서 들은 적 있는 목소리라고 생각했다.

저건 어디서 들었더라──……?

†

죽을 때 죽지 못한 것은 정말 웃기는 일이군.

제어되지 않는 몸을 끌면서 붕괴 직전의 유체 마이크로머신의 신경망으로 레이는 생각했다.

《레기온》의 미션 레코더에 담긴 데이터 파일은 전투 데이터의 보존과 집약을 위해, 격파됐을 경우 근처의 동료기에 전송된다. 〈양치기〉의 경우에는 중추처리계의 구조도까지 준비된 예비기로.

　같은 인간을 재료로 한 〈검은 양〉이 무수하게 존재할 수 있는 것과 달리 〈양치기〉는 반드시 한 기밖에 존재하지 않는다.

　인격을 가진 〈양치기〉는 자신과 똑같은 존재가 다른 개체로 있는 것을 견딜 수 없기 때문이다. 하지만 처리장치로서 보다 고성능인 〈양치기〉를 한 번의 격파로 잃는 것을 《레기온》은 좋게 보지 않고, 보험으로 이렇게 예비기와 특별한 전송 시스템을 준비했다.

　그렇긴 해도 사실 전혀 도움이 안 되는 구조라고 레이는 생각했다.

　격파된 순간에 실시간으로 파괴되고 있는 데이터 파일을 전송하는 건 거의 불가능하다. 대개는 전송도 되지 않겠고, 가령 됐다고 해도 제대로 예비기가 움직일까?

　실제로 성형작약탄의 메탈제트에 찢기고 불타면서 전송된 레이의 데이터 파일은 가까스로 전송 완료됐지만, 그 시점에서 이미 붕괴 직전의 심각한 상태였다.

　오래는 못 버틴다.

　그걸 알기에 지배영역을 나아가는 신의 여정을 따라갔다. 들키지 않도록 거리를 두고, ……앞길을 지켜보기 위해서.

　삐걱대면서 전진하는, 오래된 예비 중전차형의 기체.

　나는 역시 슈레이 노우젠의 영혼이라고 해야 할 것일지도 모른다고 문득 생각했다.

　시간이 지나면 알아서 무너질 만큼 엉망인 데이터 파일이지만,

어째서인지 마지막 전장의 기억은 다 있다. 전투기계의 본능에 따라서, 지키는 것과 죽이는 것을 착각한 자신의 광기를. 감싸듯이 앞을 막아선 백은색 소녀의 환상을. 몇 번이나 목숨을 빼앗으려고 한 자신을, 그래도 마지막에 형이라고 불러 준 목소리를 레이는 아직 기억한다.

무수한 《레기온》이 꿈틀대는 지배영역을 신과 동료들은 교전을 피하면서 부대 틈새를 누비듯이 전진했다.

그러면 된다고 레이는 생각했다. 원하지도 않는 싸움을 벌이는 게 아니라, 한 걸음이라도 더 멀리 나아갈 생각을 한다면. 그 앞에는 연방이 있다. 고립됐으면서도 과감하게 《레기온》과 싸우는, 인류 최대의 생존권이.

연방까지 도달하면 신과 동료들은 보호를 받을 수 있다.

공화국에 비하면 연방의 군인들은 지극히 정상적이다. 피부 색이 다른 병사들, 함께 싸우는 동료를 결코 버리지 않고, 시신이라도 두고 가지 않는다.

사지에서 도망쳐 온 다섯 명의 아이들——가만히 둘 리가 없다.

그걸 지켜볼 즈음이면 나는 사라지겠지. 그게 낫다. 지금은 잠시 제정신을 지키고 있지만, 언젠가 나는 또 미친다. 바람도 소원도 모두 '죽이기 위해서'로 뒤바뀌고, ……그리고 또 부르게 될 테니까.

멋대로 죽이고 멋대로 죽은 어리석은 형을 가만히 보지 못하고, 5년에 걸쳐서 전장의 지옥을 방황한 저 착한 동생은, 형이 부르면 또 찾으러 오겠지.

미안해. 이번에야말로 세상을 떠날 테니까.

마지막으로 지켜보는 것만큼은 용서해달라며, 기도하는 듯한 걸음으로 중전차형은 나아갔다.

†

[──앙쥬. 슬슬 교대하자.]

지각동조 너머로 갑자기 신이 한 말에 〈언더테이커〉를 조종하던 앙쥬는 눈을 껌뻑였다. 파이드와 그녀들의 기체와 헤어진 지 간신히 이틀. 나뭇잎 사이로 스며드는 가을 햇살도 시원한, 낙엽과 단풍나무 씨앗이 춤추는 숲속이었다.

"아직 이르지 않아? 오전 담당은 점심 휴식까지였잖아?"

[질렸다.]

단적이면서 밑도 끝도 없는 대답에 무심코 쓴웃음을 지었다. 분명히 잡담하는 성격도 아니고, 할 일도 없이 풍경을 바라보는 것도 지루하겠지.

"이렇게 느긋하게 있을 줄 알았으면 신 군은 책 한 권이라도 가져오는 게 좋았을지도."

쓴웃음을 지은 채로 앙쥬는 개폐 레버로 손을 뻗었다.

†

신 일행은 순조롭게 연방으로 다가갔다. 붕괴가 진행되어 꽤나 둔해진 사고로 레이는 안도했다.

이대로 가면 곧 연방군의 초계선에 도달하겠지. 초계선의 《레기온》들은 연방과의 전투에 전력과 주의를 모두 쏟고 있다. 경계가 느슨한 뒤쪽에서 숨어드는 조그마한 기동병기 한 대, 지형지물에 숨으면 빠져나가는 것은 결코 불가능하지 않다.

레이의 의식이 무너지는 게 먼저일지, 신이 도달하는 것을 지켜보는 게 먼저일지 의심스럽지만…… 뭐, 아마 괜찮을 거라고 안심하고 가기로 했다.

──음?

가까스로 연결되어 있던 데이터 링크에 인근 우군 부대의 정보가 표시됐다. 지각한 그 내용에 레이는 의사신경망을 태우는 초조함에 사로잡히며 멈춰 섰다.

큰일이다……!

†

거의 절벽에 가까운 험준한 경사 밑을 지나는 샛길에서 갑자기 〈언더테이커〉는 발을 멈추었고, 기체에서 가져온 모포를 두르고 컨테이너에 누워있던 라이덴은 몸을 일으켰다.

"왜 그래, 신?"

담담한 어조로 신은 입을 열었다. 그것은 평소처럼 평탄한 목소리였지만, 동시에 조용한 각오의 울림을 띠고 있었다.

[──타고 있던 녀석이 싸운다. 그렇게 정했지.]

문득 깨달았다.

"너! 알아차리고 있었냐?!"

어떻게 가든지 교전을 피할 수 없는 《레기온》을. ……아마도 앙쥬에게 교대하자고 말할 때 이미!

털을 곤두세우듯이 격앙한 앙쥬가 컨테이너에서 뛰어내렸다.

"너무하잖아, 신 군! ──이런 건 안 돼!"

힐난하려는 그 시선 앞에서 신은 견인용 와이어를 분리했다. 힘차게 되감기는 와이어에 앙쥬는 몸을 움츠렸고, 그 틈에 〈언더테이커〉는 약간의 발판을 내디디며 단숨에 경사면 위로 뛰어 올라갔다. 절벽에 가까운, 인간으로는 올라가기도 어려운 경사 위. 주위를 둘러봐도 우회로가 없는, 아마 그럴 생각으로 택한 진로.

금이 간 붉은 광학 센서가 이쪽을 향했다. 격투암은 양쪽 다 잃었고, 장갑은 불타버렸고, 구동계도 제대로 움직이지 않아서 만신창이인 〈저거노트〉.

[너희는 이대로 전진해. 숲속이라면 쉽게 들키지 않아. ……조금 더 전진하면 《레기온》의 목소리가 사라진다. 사람이 남아 있다면, 가능하면 그들에게 보호를 요청해.]

과거에 86구의 전장에서도 들었던 말이었다.

그리고 당연히 들키지 않는다. 아군 영역 안에 적기가──〈언더테이커〉가 있는 한 일대의 《레기온》의 주의는 그쪽으로 쏠린다. 그만큼 다른 이들에 대한 경계는 약해진다.

어쩌면 그것마저도 계산에 넣고.

"웃기지 마! 그래선 신이 미끼가 되겠다는 소리잖아?!"

"모두 같이 가기로 했잖아?! 마지막 순간에 혼자서 가다니 그런
건——."

세오의 노성도, 크레나가 울먹이며 외치는 말도 듣지 않고, 지
각동조마저 끊고 〈언더테이커〉가 녹음 저편으로 사라졌다.

라이덴은 힘껏 컨테이너를 걷어찼다.

"제길……!"

적을 만났을 때는 타고 있는 녀석이 《레기온》과 싸운다. 마지막
전투를 누가 담당하더라도 다른 사람은 납득하지 않을 테니까 운
에 맡기고 공평을 기할 생각으로 정한 것이었는데, 생각이 짧았
다. 아득히 멀리 있는 《레기온》까지 탐지할 수 있는 신은 회피할
수 없는 적기의 존재를 인식했을 경우 누가 죽을지를 암묵적으로
고르게 된다.

그걸 피하려면 자기가 싸울 수밖에 없다.

"저, 바보가……!"

옆에 있던 어설트 라이플을 움켜쥐고 라이덴은 일어섰다.

†

초계 스케줄을 소화하던 중 갑자기 소속불명기의 급습을 받은
《레기온》 초계중대는 피아 식별 정보를 즉각 갱신하고, 전술 데
이터링크에 적과 마주쳤다고 보고하는 동시에 응전을 개시했다.

기갑병기의 상투전술을 완전히 무시하고 기습적인 포격으로 전
차형 한 기를 격파하자마자 전열 한가운데에 파고든 그 적성기는

그들의 고유 데이터에 기록이 없었지만, 조합한 광역 네트워크의 데이터베이스에 해당하는 기종이 있었다. 산마그놀리아 공화국의 주력 병기, 식별명 〈저거노트〉. 위협도는 낮다. 기갑병기로 분류되기에 장갑도 화력도 부족하다. 장갑보병 수준의 병종이다.

하물며 지형의 기복과 장애물이 적은 평원에서의 전투에서는 압도적인 화력과 견고하기 짝이 없는 장갑을 갖춘 전차형에 대항할 수 있는 육전병기란 없다.

그럴 터였는데, 이 〈저거노트〉는 그 상정을 웃도는 전투능력을 발휘했다. 난전으로 몰고 가서 전차형의 두꺼운 장갑을 다른 《레기온》의 포격에 대한 방패로 삼고, 밀착 상태까지 거리를 좁혀서 낮은 화력을 커버했다.

근접전 사양의 〈저거노트〉──다만 통상사양과의 스펙상 차이는 없고, 다른 점이라고는 단 하나, 중추처리계의 성능뿐이라고 추정된다.

호위 전차형 4기가 격파. 중대 전력의 45퍼센트를 소모.

그래도 기계 마물들은 전혀 초조함을 느끼지 않는다. 위협도를 변경. 연방 주력 펠드레스, 식별명 〈바나르간드〉와 동등하다고 판정. 현행 전력으로의 확실한 제압은 불가. 본대 및 주변부대에 원호를 요청.

특기 사항── 노획을 추천.

영점 몇 초로 광역 네트워크에 보고와 요청을 완료하고, 다시금 《레기온》들은 움직였다.

✝

……적의 움직임이 변했다.

전차형을 네 대째 격파했을 때 갑자기 변화한 《레기온》들의 전개 패턴에 신은 주위로 시선과 의식을 움직였다.

포위라고 해도 우군 오사를 피하기 위해 부대도 기체도 서로의 화선에 겹치지 않도록 배치하는 게 정석이다. 그것은 필요하다면 동료와 함께 이쪽을 포격하는 것도 주저하지 않는 《레기온》도 마찬가지—— 하지만 대치한 《레기온》들은 우군기의 사선에 들어가는 것을 개의치 않으며 이쪽의 퇴로를 가로막으려고 들었다.

발을 묶으려는 목적. 그 판단을 뒷받침하듯이 인근 《레기온》 집단이 움직이기 시작하는 것을 그 능력이 포착했다. 가장 가까운 집단——아마도 이 초계부대의 본대——과의 거리는 대략 8000. 전차형의 순항속도라면 1분도 못 되어서 이쪽을 사거리에 넣을 수 있다.

합류하게 놔두면 일이 힘들어진다. 돌격해 온 근접엽병형의 공격을 피하자마자 응사를 먹이고, 그렇게 순간적으로 생긴 틈새를 억지로 돌파했다. 장갑을 스친 중기관총탄이 새된 소리를 내며 날아가고, 기체 스테이터스 표시창에 왼쪽 뒷다리 관절에 허용범위를 넘는 부하 경고표시가 켜졌다.

《레기온》이 노리는 것은.

그걸 생각하고 다소 씁쓸하게 눈을 가늘게 떴다.

이 '머리'인가.

〈검은 양〉, 혹은 〈양치기〉. 전사자의 뇌 구조를 복사한, 망령이 들러붙은 《레기온》들――.

하지만 프로세서 중에서 아마도 전투 경험이 가장 오래됐을 신조차도 그것은 염두에 두지 않았다.

그럴 수밖에 없다. 조우한 것은 딱 한 번, 무리 속에 숨어있을 때는 구분도 할 수 없다.

무엇보다도 과거에 신 자신이 말했듯이 그것의 본래 역할은 면 제압이나 고정 목표의 파괴, 고작 기동병기 하나 따위를 저격하기 위해 사용될 것이 아니니까.

이쪽을 바라보는 눈을 지각했다.

멀리, 장거리포병형의 포 지원조차도 닿지 않을 만큼 아득히 먼 곳. 광기에 얼어붙은 검은 눈동자를 볼 수 있을 정도로―― 강렬한 악의의.

[죽여 주마.]

비슷한 말이기 때문일까, 이미 처치했을 터인 형의 목소리와 기묘할 정도로 비슷한 목소리였다.

살해당했던 밤의 광경이 되살아났다. 어두운 공포가 조종간을 쥔 손을 얼어붙게 했다.

죽여 주마.

단편적인 이미지가 흘러들었다. 자기 것이 아닌 기억. 지각동조가, 아니면 과거의 자신의 능력이, 누군가와 연결됐을 때를 얼핏 보여주듯이.

구름 낀 하늘. 폐허. 깨진 돌바닥. 잿빛을 띤 그것들을 배경으로 선명하게 떠오르는── 교수형을 당한 죄인처럼 매달린, 피로 물든 심홍색의, 아이의 망토.

죽여 주마.

남자도 여자도 아이도 늙은이도 귀족도 빈민도. ……를 해하는 자는 모두.

모두 다 죽여 주마……!

아는 목소리였다.

공화국 86구. 스피어헤드 전대로서 싸운 제1전구의 전장에서.

그 전투에서 네 명 죽었다. 레이더의 탐지범위보다 아득히 멀리서 일격에 〈저거노트〉를 말 그대로 날려버린 그──.

"큭……!"

한순간 〈언더테이커〉를 물러나게 한 것은 단련된 전사의 본능일까, 아니면 한 번 마주쳤을 때의 경험이었을까.

레이더에 경고, 동시에 착탄.

포구초속 4000m/s의 초고속, 아마도 몇 톤에 달하는 대질량이 가져오는 막대한 운동 에너지를 띠고 포탄의 호우가 《레기온》 정찰부대가 휘말리는 것도 개의치 않고 전장 일대에 쏟아졌다.

한순간 무음이라고 느낄 정도의 대음향과 시계를 하얗게 물들이는 격렬한 섬광.

불어닥치는 맹렬한 충격파와 쏟아지는 고속의 포 파편이 튼튼한 《레기온》의 장갑을 부러뜨리고 찢고 날려버리며 내달렸다. 땅

속을 달리는 충격파가 동심원 형태로 막대한 흙먼지를 날려버리고, 운석이 낙하한 듯한 크레이터를 대지에 깊게 새겼다.

평평하던 가을의 황야가—— 순식간에 거대한 크레이터로 변했다.

귀를 찌르는 굉음과 폭풍이 부는 가운데 〈언더테이커〉는 가까스로 포탄의 효력권을 이탈했다. 그렇긴 해도 멀쩡할 순 없었다. 콕핏에 날아든 파편에 맞아서 메인 스크린이 다운. 자이로와 냉각로 표시가 계기에서 사라지고, 홀로윈도우가 모조리 사라졌다.

구동계와 화기가 멀쩡한 게 다행이다. 아직 적은 남아 있다. 거의 무의식중에 한 손으로 대미지 컨트롤을 하면서, 도움이 되지 않는 메인 스크린은 무시하고 적기의 위치를 찾는다——.

그때 계속해서 한계 이상의 부하를 강요당했던 왼쪽 뒷다리가 관절부터 부러졌다.

"!"

남아 있는 다리로 간신히 넘어지는 것을 모면했다. 하지만 그것뿐이다. 안 그래도 기체 중량에 비해서 무거운 포를 실어서 뒤쪽으로 중심이 치우친 〈저거노트〉는 뒷다리 중 하나를 잃으면 전혀 움직일 수 없다.

이젠 먼 과거와도 같은, 늙은 정비사의 그리운 노성이 귓속에서 되살아났다.

——다리가 약하니까 무리하지 말라고 매번 말했는데!

――그런 식으로 싸우다간 언젠가 죽어!

여기에 와서 죽는 건가.

솟구치는 흙먼지와 포연의 장막을 찢고 다리 절반을 상실하면서 돌진해 온 전차형이 튀어나왔다.

높이 올라가는 앞다리를 아무런 수도 없이 올려보며―― 신은 희미하게 어울리지 않는 쓴웃음을 지었다.

기체 파편을 뿌리면서 〈언더테이커〉가 날아갔다.

어떻게든 올라갈 수 있을 만한 장소를 찾아서 경사면을 기어오르고, 포격음을 좇아서 숲을 나온 라이덴 일행이 본 것은 그것이었다.

라이덴조차 처음 본, 그들의 저승사자가 패배하는 순간이었다.

생존본능이 비명을 질렀다. ――전차형을 상대로 맨몸인 자신들이 대적할 수 있을 리가 없다.

이성이 필사적으로 붙들었다. ――여기서 튀어나가면 신은 말 그대로 개죽음이다.

빌어먹을.

멈춰선 것은 한순간, 쏜살같이 뛰쳐나가는 동료들의 발소리를 들으면서 라이덴은 숲을 달렸다.

어설트 라이플의 총성이 들렸다.

기억에 있는 날카로운 그 소리에 신은 무거운 눈꺼풀을 억지로 들어올렸다. 모든 광학 스크린의 계기가 죽어서 어두운, 쓰러진 〈저거노트〉의 콕핏 안.

숨을 쉬기가 힘들다. 폐 안쪽이 타는 듯하고, 내뱉는 숨에서는 살짝 피 냄새가 났다. 피가 넘쳐나서 흐르는 감촉은 전혀 없는데도 너무나도 추워서, 몸속을 당했다는 생각이 남의 일처럼 지나갔다.

아직 살아있으니까 움직여야겠지만, 기껏해야 휴대한 권총을 뽑아서 스스로를 처분하는 정도는 해야겠지만, 손가락 하나 움직일 수 없었다.

얇박한 장갑 너머에서는 두고 왔을 동료들의 노성과 총성이 울리고 있었다.

바보라고 생각하는 반면, 아마도 같은 생각을 한 결과가 지금의 자신이니까 그들을 비웃을 수도 없다.

어쩌면 이 무의미하고 바보 같은 투쟁에 어울리는—— 무의미하고 바보 같고, 그래도 하다못해 존재하려고 바랐던 것의 결말.

다시금 희미하고 어울리지 않는 쓴웃음이 떠올랐다.

형은 쓰러뜨렸고, 뜻밖에도 긴 노정을 거쳤고, 미련 따윈 하나도 없을 텐데, ……그래도 역시 이럴 때는 죽고 싶지 않다고 생각하는 모양이다.

죽어서 나도 《레기온》이 되는 걸까.

《레기온》이 된 나는—— 누구의 이름을 부를까.

떠올리려고 해도 얼굴조차 모르는 게 조금 아쉬웠다.

노성과 총성이 갑자기 사라졌다.

망령의 목소리를 듣는 능력이 이런 상황에서 캐노피를 잡아 뜯을 정도로 접근한 《레기온》의 존재를 그에게 전했다.

──텅스텐탄이 두꺼운 장갑을 억지로 꿰뚫는 금속의 비명.

그것을 마지막으로 신의 의식은 어둠 속에 가라앉았다.

†

다섯 개의 적성체의 침묵과 무력화를 확인하고, 유일하게 살아남은 그 전차형은 전역 네트워크에 상황 종료를 보고했다.

그와 함께 화력 지원을 실행한 '시작기'의 재조정을 요청했다. 노획을 추천한다고 전달했음에도 격파를 목적으로 포격을 실시하고, 적성 펠드레스 한 기 때문에 우군 부대 하나를 소실시키면 중추처리계의 판단능력에 아직 불안이 있다고 판단할 수밖에 없다.

요청을 송신하고, 쓰러진 〈저거노트〉에 광학 센서를 향했다.

다른 네 개도 그렇지만, 생명활동이 정지할 정도로 파괴하지 않았다. 적성체의 중추처리계는 연약하다. 채취하여 스캔하면 조직이 붕괴하는 건 이해하지만, 생명활동이 정지되자마자 열화가 시작되니까 최대한 살려서 노획해야만 한다.

이 〈저거노트〉에 탑승한 적성체.

스펙상의 불리함을 뒤엎는 고성능의 처리계다. 우군기에 적용하면 한층 전과확대에 공헌하겠지.

전차형을 포함한 전투형의 《레기온》에 물자운반기능은 없다. 근처의 자동공장형까지 운반하기 위해 회수수송형의 파견을 전략 네트워크에 요청하기로 하고.

급접근하는 우군기의 응답 신호가 피아 식별신호를 보낸 것은 그때였다.

전투부대 미소속의 중전차형. 포성을 탐지한 걸까——.

굉음.

포탑 정면이라면 같은 전차형의 주포가 밀착해서 쏘더라도 튕겨내는 650mm 압연강판 상당의 복합장갑이 155mm 고속철갑탄의 직격에 허무하게 관통됐다.

중전차형의 포격. 공포도 경악도 모르는 자동기계였지만, 그 사태를 파악하기까지 시간이 필요했다. 그들에게는 본래 있을 리 없는 일이었기 때문이다.

우군 오사—— 아니, 피아 식별로 서로 응답을 주고받았다. 우군기라고 인식하면서 포격했다, 즉 적이다.

구식 텅스텐 탄두의 고속철갑탄이었던 게 다행이었다. 성형작약탄이었으면, 아니면 열화 우라늄 탄두의 철갑탄이었으면 기체 내부가 타버려서 일격에 격파됐다. 피아 식별의 정보를 갱신, 적성기로 등록. 전술 데이터링크에 적을 만났다고 보고하고, 대처를——.

두 번째 공격.

첫 공격에 연속해서 얻어맞은 포격에 가까스로 무사했던 중추처리계가 뿌리째 뽑혀서 파괴됐다.

유폭으로 산산이 흩어지지 않도록——바로 곁에 있는 〈저거노트〉에 만에 하나라도 피해가 미치지 않도록 중전차형은 성형작약탄이 아니라 고속철갑탄을 쓴 것이라고, 쓰러지는 전차형이 이해할 리도 없고.

망가진 광학 센서에 은색 마이크로머신의 '손'을 만든 이형의 중전차형의 모습을 비추고——그 전차형은 기능을 정지했다.

†

꿈을 꾸었다.

꿈속에서 신은 조그마한 어린아이고, 어느 틈에 누군가에게 안겨서 이동하고 있었다. 그 인간이 아닌 누군가도, 아무것도 보이지 않는 어둠. 기계의 망령들의 목소리 너머로 항상 느끼는, 의식 밑바닥의, 영혼 밑바닥의 어둠 속.

시선을 드니 형이 보였다.

기억하던 것보다도 몇 살 연상인 20대의, ……아마도 죽었을 때의.

"형……?"

레이가 웃었다. 그립고 다정한 그 웃음.

"일어났나."

발을 멈추고 영차 소리를 내며 웅크려서 그를 내려주었다. 어린

몸은 머리가 커서 균형이 안 좋다. 조금 비틀거리면서 어떻게든 일어서서 다시금 올려다보았다.

웅크린 자세인 채로 시선을 맞추며 레이가 말했다. 그래도 아직 레이 쪽이 다소 시선이 높았다.

"나는 여기까지밖에 못 가. 여기서부터는 혼자 갈 수 있지? 같이 갈 동료도 있고."

말하면서 레이는 일어섰다.

조금 더 시선을 올렸다. 그 약간의 거리가—— 형은 일어섰는데도 변함이 없다.

"이렇게나 자랐으니까."

그 말에 자기 몸을 내려다본 신은 자기가 본래의 16세의 모습으로 돌아온 것을 깨달았다.

형, 이라고 말하려고 했지만 목소리가 나오지 않았다.

망령과는—— 죽은 자와는 본래 말을 주고받을 수 없으니까.

말도 없이 올려다볼 뿐인 신을 바라보면서 레이는 문득 고통을 띤 얼굴을 했다.

목에 난 흉터에 레이의 손이 닿았다. 그날 밤과 똑같은, 그 전장과 똑같은, 형의 커다란 손.

"미안해. 아팠지. ……내가 채 죽지도 않고 계속 부르는 바람에 이런 곳까지 오게 했구나."

아니라고 대답하고 싶었다. 하다못해 고개를 내젓고 싶었다. 하지만 몸이 움직이지 않아서 할 수 없었다.

아프지 않았다면 거짓말이다. 날아드는 증오가 아팠다. 너의 죄라고 계속 외치는 목소리에 매일 밤 살해당하는 꿈을 꾸었다. 귀를 막을 수도 없는 절규에 항상── 항상 마지막까지 용서받지 못했다고 깨닫게 되는 것은 괴로웠다.

그래도 형이 있어 주었기에 여기까지 올 수 있었다.

《레기온》과의 끝없는 사투도, 무의미한 죽음이 정해진 전장의 나날도, 부대의 동료가 전멸한 밤의 고독도, 형을 없앤다는 목적이 있으니까 견딜 수 있었다.

그게 아니라면 이미 옛적에 어딘가에서 꺾여서 쓰러졌다.

형이 있어 주었으니까. 죽어서도 저편에서 기다려 주었으니까.

사실은 하고 싶었던 말이 많이 있는데── 왜인지 말이 나오지 않는다.

"이제 나한테 사로잡혀 있지 않아도 돼. 나를 잊어도 돼."

싫어.

"아……. 아니, 역시 때로는 떠올려 주면 좋겠어. 앞으로 네가 네 인생을 살고, 자유롭게 살고, 행복해져서, 기나긴 그 인생 중에 때때로."

형.

레이가 웃었다.

"이번에는 안 기다릴 테니까. ……아니, 너무 오래 기다려야 할 거잖아. 네게는 앞으로 긴 시간이 있으니까……. 건강해. 그리고 행복하길."

손이, 떨어졌다.

발길을 돌려서 어둠 속으로 걸어간다.

아버지가, 어머니가, 함께 싸운 많은 동료들이, 미끄러져 내려간 곳.

거기에 가면 두 번 다시 돌아올 수 없다.

두 번 다시 만날 수 없다.

갑자기 몸을 얼리던 주박이 풀렸다.

"형."

하지만 뻗은 손은 또다시 닿지 않았다. 혹은 목소리조차도 들리지 않았다.

산 자와 죽은 자의 경계를 엄연히 가르는 뭔가가 눈앞에 있어서, 형을 쫓아가기 위한 한 걸음을 뗄 수 없었다.

"형!"

돌아본 레이가 미소 지은 채로 어둠 밑바닥으로 녹아서 사라졌다.

그것은 그 사투의 끝——— 닿지 않았던 손 앞에서 아련하게 사라졌던, 다정한 형의 손과 마찬가지로.

이제 두 번 다시 만날 수 없다고, 그걸 알면서도 손을 뻗었다.

"형."

자기 목소리에 눈이 떠졌다.

조명이 꺼진 무기질적인 천장을 잠시 올려다보며 신은 초점이 맞지 않는 핏빛 눈을 껌뻑였다.

기억에 없는 새하얀 천장. 사방을 둘러싼 것도 하얗게 차가운 벽, 규칙적인 전자음을 내는 모니터 기기와 코를 찌르는 소독약 냄새.

아주 작은 방의 청결한 침대에 누워있고, 모니터 기기의 코드와 수혈관이 자기 몸에 연결되어 있었다. 여기가 병실이라는 사실은 어렸을 적에 강제수용소에 격리되어서 제대로 된 의료를 받은 경험이 거의 없는 신으로서는 연상할 수 없었다.

콧속이 찡하니 매워져서 왼손으로 눈가를 가렸다.

솟구친 것은 깊은 안도와 왜인지 비슷할 정도로 강한 상실감, 넘쳐나는 그러한 감정들의 파편에 시야가 흐려졌다.

간신히 떠올랐다.

사실은―― 잃고 싶지 않았다.

왼팔에는 수혈관 외에 어떤 센서가 부착되어 있어서 신이 움직이자 알람을 울렸다. 경고보다는 모니터하는 대상의 각성을 알리기 위한 것인지 긴박함이 부족한 소리.

침대 다리쪽 벽의 하얀 색채가 분해되어 사라지고, 투명해진 그 너머에서 양복 차림의 장년 남자가 얼굴을 내비쳤다.

은테에 도수가 강한 둥근 안경을 꼈고 백발이 섞인 흑발, 어딘가 세상과 거리를 둔 석학 같은 용모의 흑박종 남자였다. 뒤따라서 간호사, 그리고 실내와 마찬가지로 무기질적인 통로가 보였다. 방금 투명해진 '벽' 이 이 방의 입구인 모양이다. 같은 문이 통로를 사이에 둔 맞은편에도 있는 모양으로, 통로 양옆에 마찬가지로 하얗고 좁은 방이 연이었다는 예측이 갔다.

[……정신이 들었나.]

잊어버린 누군가를 연상시키는 온화한 목소리였다.

뭐가 뭔지는 스스로도 모르지만, 물어야 할 것을 물으려고 해도 목소리가 나오지 않았다. 갑자기 찾아온 고통에 신음하는 신의 모습에 뒤에 있던 간호사가 눈썹을 찌푸렸다.

[각하. 이제 막 의식이 돌아왔고, 수술의 영향으로 발열도 있습니다. 너무 무리는…….]

[알고 있어. 조금 이야기할 뿐이야.]

온화한 미소로 간호사를 물러나게 한 남자는 문에 오른손을 댔다.

군인의 손이다, 신은 멍한 머리로 그렇게 생각했다. 오랫동안 총을 쥔 자의 딱딱하고 두꺼운 손바닥. 약지에 낀 심플하고 변색된 은반지가 묘하게 인상에 남았다.

"안녕한가, 자네. ……일단 자네의 이름을 가르쳐 주겠나?"

본래 생각할 것도 없는 질문이었지만, 신으로서는 기억 속에서 답을 찾아내기까지 상당한 시간을 필요로 했다. 머리가 제대로 돌지 않는다. 마취의 영향이라고 알 정도로 그는 자기가 처한 상황을 이해하지 못했다.

이전에──누군가에게 비슷하게 이름을 말했을 때의 기억의 파편이 뇌를 스치고, 제대로 돌아가지 않는 머리로 그걸 그대로 말했다.

본 적도 없을 터인 긴 은발의 환영이 눈꺼풀 안쪽을 스친 듯했다.

"신에이…… 노우젠."

남자는 고개를 끄덕였다.

"나는 에른스트 짐머만. 공화정 기아데 연방의 잠정 대통령이라네."

✝

그날, 연방 국영방송의 보도방송이 서부전선의 초계선상에서 타국의 군인인 듯한 소년병 다섯 명을 보호했다는 사실을 전했다.

전선부대가 격파한 〈머리사냥꾼〉 중전차형에게 붙잡혀 있었다고 한다.

입고 있는 야전복과 함께 회수된 형식불명 펠드레스의 OS를 통해 서쪽의 이웃나라, 산마그놀리아 공화국의 병사라고 추측된다고 보도했다.

연방시민들은 흥분했다. 아직 우리들 이외에도 살아남은 나라가 있다. 우리는 아직 외톨이가 아니었다고.

그리고 이웃나라의 곤경을 걱정했다. 나이도 안 찬 소년병까지 전선에 투입해야만 할 정도로 공화국은 궁지에 몰린 걸까.

이윽고 소년들에게 얻은 정보가 보도되고, 그들이 전선에 투입된 끔찍한 이유가 밝혀짐에 따라 그 걱정은 분노로 변했다.

한편 소년들에 대해서는 변함없이 동정적인 의견이 중심을 차지했다.

조국에서 박해를 받고, 그러면서도 싸우고 도망쳐서 여기까지 도달한 아이들이다.

하다못해 연방에서는 평온하게, 행복하게 살 수 있게 해야 한다.

[──라는 것이 자네들이 우리 군에 보호된 이후의 경위인데. 그렇게 되기까지의 과정에 대해 뭔가 기억하나?]

그 질문에 대답하기 위해 생각하고 있으니 조금씩 사고력이 돌아온 모양이다.

의식을 잃기까지의 상황이 갑자기 되살아나서 신은 주위로 시선을 옮겼다. ──아무도 없다.

설마.

에른스트가 웃었다.

[아, 미안하군. 자네가 자고 있었으니까 투과율을 0으로 만들었지만…… 그래. 걱정도 되겠지. ……잠깐만 기다리게.]

돌아보며 간호사에게 뭐라고 말했다. 좌우 벽의 색소가 분해되어 사라졌다.

투명해진 벽 너머에는 이 방과 마찬가지로 무기질적인 방이 주르륵 있고, 왼쪽으로 네 개의 방에는 각각 동료들이 있었다.

이웃방의 라이덴이 곧장 숨을 푹 내쉬고 얼굴을 찌푸렸다.

[너. 꼬박 사흘 동안 잤어.]

목소리는 역시나 천장의 스피커를 통해 들렸다.

지각동조는? 이라고 의아해하다가 문득 깨달았다. 기동할 수 없다. 목 뒤, 의사신경 결정소자가 주입된 장소의 희미한 동통. 프로세서 스스로는 뗄 수 없을 터인 귀걸이도 제거됐다.

"……어떻게?"

주어도 술어도 없이 물음표뿐인 질문이었지만, 이해한 모양이었다. 라이덴은 어깨를 으쓱였다.

[글쎄. 우리도 눈을 떴더니 이 방에 처박혀 있었어. 중전차형에게 붙잡혀 있었다고 그러던데, ……그런 거 없었잖아?]

얼마 전까지의 꿈을 떠올렸다.

쓰러뜨렸을 터인, 중전차형 안쪽에 사로잡혀 있던 형.

지금은 진짜로 어디에도 없다고 왠지 모르게 이해하지만.

하지만 그걸 전할 생각은 들지 않아서 살짝 고개를 내젓자, 갑자기 심한 현기증이 닥쳤다. 무심코 눈을 감은 신의 모습에 세오가 걱정스럽게 눈썹을 찌푸렸다.

[힘들거든 무리하지 않아도 돼. 신, 어제까지 집중치료실에 있었어. 한동안은 절대안정이래. ……어제까지는 크레나가 엉엉 울어대서 정말 고생이었어.]

[안 울었어!]

울어서 눈이 퉁퉁 붓고 빨개진 크레나의 항의는 전원에게 무시당했다.

가장 구석 방에서 이쪽을 지켜보며 앙쥬가 하얀 꽃이 피듯이 매력적으로 미소 지었다.

저게 정말로 화낼 때의 얼굴임을 떠올리고 슬쩍 얼굴을 돌렸다.

[신 군? 지금은 안 된다는 걸 알지만, 다 낫거든 따귀 한 대 정도는 각오해?]

[미안하지만 전원이 같은 심정이야. 그보다 다음에 똑같은 짓을 하면 진짜로 패버릴 거니까.]

세오가 자연스럽게 말을 이은 뒤, 신은 살짝 얼굴을 찌푸렸다.

"……딱히, 죽을 생각은."

[화낼 거야. 죽을 작정이 아니었어도, 반드시 죽는 건 알았잖아.]

그대로 미끼가 되어서 《레기온》을 붙들고 있었으면 언젠가 기체의 소모나 탄약 때문에.

[그야 다들 한 번 정도는 같은 생각을 했어. 하지만 그렇다고 신이 한 짓을 용서할 순 없어. 알고 있으니까, 가능하니까 그건 비겁해. ……두 번 다시 하지 마.]

[걱정했으니까.]

그렇게 말하면서 크레나는 또 눈물을 지었다. 신은 눈을 감고 베개에 머리를 맡겼다.

"──미안해."

묵묵히 지켜보던 에른스트가 빙그레 웃으며 말을 이었다.

[격리의 형태를 취한 것은 만일을 위한 바이오해저드 대책이고, 안 좋게 대하진 않을 테니까 안심해도 좋네. 무엇보다 자네들은 우리 나라 건국 이후 최초로 외국에서 온 손님들이니까. ──기아데 연방에 잘 왔네!]

과장스러운 동작으로 에른스트는 두 팔을 펼쳤다. 침묵과 차가운 시선만이 그를 향했다.

별로 신경 쓰는 기색도 없이 에른스트는 어깨를 으쓱였다.

[뭐, 그래서 말이지. 서로 무슨 일이 있었는지의 전모를 전혀 모르고 있어. 그러니까 혹시 뭔가 기억하는 게 있거든 말해 줬으면 싶은데.]

찌릿 눈썹을 세우며 뭔가 말하려는 세오를 한 손으로 제지하며 에른스트는 쓴웃음을 지었다.

[아무튼 나중에 떠올랐을 때면 되네. 아직 오랫동안 말하긴 어렵겠고, ……이쪽도 무서운 누나가 슬슬 화낼 것 같으니까.]

뒤에 있는 간호사가 조용한 위압감을 띠면서 대통령의 뒷모습을 내려다보고 있었다.

대통령 각하라는 분이 걱정해 준 것처럼 부상당한 신에게 오랫동안 깨어 있는 것은 부담이었는지 그들이 나간 뒤에 곧 꾸벅꾸벅 잠들었다.

제대로 이야기도 할 수 없는 채로 잠든 모습에 크레나는 또 울려고 했고, 그걸 앙쥬가 다독이고 세오가 놀렸다. 사흘 전에 이 방에서 눈떴을 때 신이 없다며 엉엉 운 뒤로 크레나는 완전히 울보가 됐다.

무리도 아니다. 감옥 그 자체인 작은 방 침대에 앉아서 라이덴은 그렇게 생각했다.

갇혔다는 사실에만 눈을 감으면 대우는 나쁘지 않다. 식사는 하루 세 끼, 제대로 된 것이 나오고, 방도 침대도 필요 없을 정도로 청결하다. 개개인의 방에서 이루어지는 문답도 지극히 온당한 것이다. 치료를 보자면, 긴급수술이 필요할 정도의 중상이었던 신은 공화국이라면 그대로 저버렸겠지.

그렇다고 해도 신용할 수 없다.

조국일 터인 공화국에서 인간형의 가축으로 대접받은 몸이다. 같은 인간이라고 해서, 겨우 도달한 장소라고 해서, 무조건 원조나 보호를 기대할 만큼 철없지 않았다.

이대로 허울 좋은 통조림일까, 정보를 캐낼 만큼 캐내고── 처분되는 걸까.

아무튼 한동안은 움직일 수 없다. 신에게는 아직 놈들이 해 주는 치료가 필요하다.

이런 곳에서 끝나는 건 싫은데. 그렇게 생각하며 창문도 없고 하늘도 볼 수 없는 작은 방의 천장을 올려다보면서 라이덴은 콧방귀를 뀌었다.

연방의 여론이 소년들을 향한 동정이 대부분이라고 해도, 국가의 안녕을 맡은 위치의 자들까지 동정과 자비만으로 만사를 정하지는 않는다.

입원동인 쉘터 모듈과 연결된 호스피털 모듈에 돌아간 에른스트는 즉석 회의실이 된 진료실로 들어갔다.

"분석 결과는?"

생물재해 대응 격리용 쉘터 모듈은 포로 수용 시설로도 사용 가능한 구조로, 각각의 방에 감시 카메라와 기타 각종 모니터 장치가 들어 있다.

그러한 데이터 종합, 분석 결과를 홀로스크린에 전개하며 정보부 분석관이 말했다.

"산마그놀리아 공화국 내지 다른 나라의 간첩일 선에 대해서는 결백하다고 해도 좋겠습니다."

그들 나름대로 경계할 생각인가 본데, 그것도 훈련받은 모습은 아니다. 예를 들어서 대수롭지 않은 잡담에서도 발언 빈도나 주목 정도, 이름이 나오는 횟수 등을 보아 집단 안의 파워 관계가 짐작된다. 그렇게 분석된다는 것을 전혀 의식도 하지 못한다.

가령 전자적인 분석을 속일 수 있을 정도로 훈련받았다고 해도, 이번에는 그런 값비싼 간첩을 전멸이 확실한 《레기온》 지배영역을 답파하라고 보낼 필요성이 없다. 무엇보다 현재 연방과 공화국은 서로의 생존조차 방전교란형의 전파방해 때문에 확인하지 못하는 꼴이니까.

"경계 정도가 다소 과도한 것도 우리에게 말했던 처지 때문이라면 오히려 자연스럽습니다. 라이덴 군이라고 했나요, 서브리더인 아이는 꽤나 신경을 곤두세우고 있습니다만── 리더인 아이가 저런 상태니 무리도 아니겠죠. 실질적으로 이쪽이 인질로 잡고 있는 꼴이고."

그럴 생각은 별로 없고, 태도는 어떨지 몰라도 질문에는 대답해주니까 그럴 필요도 없지만.

그렇기는 해도 그것도 신용 때문이 아니라 자칫 거부하다간 폭력적인 심문으로 바뀌는 것을 싫어해서겠지. 그들에게 공화국은 몸을 던지면서까지 지키고 싶은 조국이 아닌 모양이다.

"또 하나── 신형 《레기온》, 혹은 생물병기의 감염자일 가능성은?"

"최종적인 결론은 모든 검사의 결과를 기다리는 중입니다만, 지금까지의 검사 결과와 반송 후의 스캔 결과로는 이상 없습니다. 게다가 《레기온》은 인체를 본뜬 병기도, 생물병기도 만들 수 없을 터입니다만?"

《레기온》은 생물병기——좁은 의미의 바이러스, 세균병기는 물론 모든 유기체의 군사이용을 포함한다——와 기존 생명체의 외견을 본뜬 병기는 제조도 운용도 할 수 없다. 그렇게 지극히 엄중한 금칙사항이 설정되어 있다.

이것은 본래 《레기온》이 제국의 제압병기로서 제조된 것을 돌이켜보면 당연해서, 일단 사용하면 종국에는 적과 아군을 구별할 수 없는 생물병기도, 피점령민인지 기계인지 구분이 되지 않는 인간형 병기도 최종적으로는 처리하기 힘들다. 자주지뢰가 꽤나 조악한 인간형인 것도 이것 때문이다.

여담이지만, 생물병기의 정의를 너무 엄중하게 한 결과 우군으로 등록된 인간이 나이프 하나만 들고 있어도 금칙사항 해당이라고 판정하게 되어서, 과거의 제국군은 《레기온》과 인간의 공동작전을 일절 할 수 없어졌다는 농담이 있다.

그렇긴 해도 《레기온》의 제어계, 특히 전략전술 알고리즘은 편집적일 정도로 암호화되고 피탄시의 유폭으로 내부기구가 불타버리는 기체 구조 때문에 전혀 해석할 수 없다. 변경이 불가능한 수명 프로그램도 전사자의 뇌 구조를 이용하여 극복한 개체군도 확인된 이상, 일단 조심은 하고 봐야겠지.

"유일하게 스캔에 걸린 유기 디바이스도 그들의 증언처럼 통신기기입니다. 염홍종 중에 드물게 혈족 사이의 정신감응이 가능한 일족이 있지요. 그와 같은 현상을 인위적으로 일으키는 것인 듯합니다."

"획기적이군."

"예. 증언과 미션 레코더에 기록된 레기온 지배영역 내부의 정보도 있고, 행여나 간첩이라고 하기엔 선물이 너무 후할 정도입니다."

연방의 각 전선은 방전교란형의 전파방해가 항상 전개되어서 무전 연락도 여의치 않다.

"회수한 기체──〈저거노트〉였습니까. 거기에 대해서도 기체의 성능은 몰라도 전투 기록은 대단합니다. 타고 있던 것이 리더 격의 소년이었습니까. 회복되면 꼭 이야기를 들어보고 싶습니다."

"어머, 우리 선진기술연구국이 먼저야. 그대로 전원을 우리 테스트 오퍼레이터로 데려갈 거니까 그쪽에는 안 줘. 고기동전의 실전 데이터와 실전 경험자──내 시작기에 안성맞춤이야. 느려터진 〈바나르간드〉에는 아까워."

"뭐라고, 이 거미가."

"뭐야, 방귀벌레가."

"이야기를 듣고 싶다는 거야 좀 진정된 후에 본인들이 승낙해 준다면 되겠지만, 오퍼레이터는 안 되겠어. 그래선 공화국과 똑같지 않나."

에른스트가 담담하게 말하자 말다툼을 벌이던 지휘관들이 침묵했다.

"그 행적에는 보상이 있어야 하고, 싸워서 살아남았다면 그들에게는 평온이 주어져야만 하지. 그들의 조국이 그러지 않았다면 더더욱, 하다못해 연방은 똑바로 행동하고 싶군. 그게 인간의 이상이라는 것이니까."

서방방면군 사령관이 입을 열었다.

"……처분해버리는 편이 연방으로서는 안전합니다만."

"중장. 그 이야기는 끝났고, 자네도 납득했을 텐데."

"예. 하지만 이상이 각하의 더없이 절대적인 것과 마찬가지로 국민의 안녕을 근본으로 삼는 것이 군인입니다. 제 직책으로서 소정의 격리기간과 검사, 청취는 하도록 하겠습니다."

"그건 물론이지. 그들을 보호한 병사들도 만일을 위해 격리실에 들어가게 했겠지?"

무증후성 감염자일 가능성도 아주 없지는 않다.

게다가.

문득 에른스트는 힘없는 미소를 지었다.

"애초에…… 애초에 입국 수속을 어떻게 할지도 《레기온》 때문에 정신없어서 정하지 않았군."

현재 관계자들이 정신없이 근거법에 의거하여 서류부터 작성 중이다.

†

"그런고로 자네들은 오늘부터 연방시민이 됐으니까."

[……거의 한 달 만에 얼굴을 보이더니 입을 열자마자 '그런고로'는 아니라고 생각하지 않아, 당신?]

　격리실의 강화 아크릴판 너머의 라이덴은 자못 가시 돋친 목소리였지만, 당초처럼 경계하는 게 아니라 단순히 퉁명스러울 뿐인 듯했다.

　얼굴에 떠올린 미소에 털끝만치의 변화도 없이 에른스트는 생각했다.

　안 그래도 에너지가 남아도는 시기인 아이가 한 달이나 이런 곳에 갇혀서 매일같이 진절머리 나는 검사와 짜증이 날 정도의 지루함을 겪게 되면 보통은 기분이 상한다. 나이에 어울리는 유치함이 얼핏 보인 듯하여서 오히려 미소가 나왔다.

　"아무튼 한동안은 내가 후견인으로 있을 테니까. 일단은 느긋하게 쉬며 이 나라를 보고, 그다음에 앞날을 생각하면 돼."

　앞날.

　처우에 대한 결정은 사실 이미 담당자에게 설명을 들었고, 그때 거기에 대해서도 희망이 있으면 들어준다고 확인했다. 그 결과를 에른스트도 보고서로 보았다.

　전원이 종군을 희망했다.

　담당자의 설명이 부족했던 걸까. 뭔가 오해한 걸까. 아니면……전장밖에 모르기에 아직 그것밖에 생각을 못하는 걸까.

　간호사와 의사, 카운슬러에게서도 비슷한 보고가 올라왔다.

　그 방에 있는 것이 불편한 모양이라고 전원이 입을 모았다.

　갇혀 있다는 불안. 움직일 수 없는 지루함. 그 이상으로 《레기온)과의 전황이 걱정되는 모양이라고. 자신들이 있어야 할 곳에 있지 않다는 초조함을 느끼는 모양이라고.

공화국의 지배를 피해서 그 전장을 도망쳤어도…… 그들에게 가해진 박해는 아직 끝나지 않았다고 통감하게 됐다.

세오가 헤에, 소리를 냈다.

[괜찮겠어? 적국에서 쫓겨나서 적의 지배영역을 빠져나왔다고 말하는 정체 모를 아이들인데, 처분하는 쪽이 후환도 없지 않아?]

"죽여 주길 바라나?"

에른스트가 미소 짓는 채로 말하자 세오가 침묵했다.

알고 있다. 죽고 싶을 리가 없다. 다만 그들은 그들이 아는 세계의 방식으로밖에 새로운 세계를 잴 수 없을 뿐이다.

그렇게 될 수밖에 없었던 것도 그들 탓은 아니다.

신이 조용히 입을 열었다.

한 달 동안 상처는 완전히 아문 모양이라서 에른스트는 내심 안도했다.

[우리를 구해 주면 그쪽에게 무슨 득이 있지?]

"이익이 없으면 눈앞의 아이도 돕지 않는 사회를 긍정했다간 결국 모두에게 불이익이 되지. 상부상조의 정신은 공동체 유지의 기본 중의 기본이야. ……게다가."

에른스트는 거기서 희미하게 웃었다.

아주 매몰찬 웃음이었다. 이 세상의 지옥을 보고 온 소년들이 기가 죽어서 입을 다물 정도의 웃음.

"정체를 모른다. 만에 하나. 그딴 이유로 아이를 죽여야만 살아남을 수 있을 정도라면 인류 따윈 전멸하는 편이 나아."

격리실의 문이 열리고, 옷을 갈아입고 나가라는 지시가 나왔다
──전선 근처에서 사복이 있을 리가 없기에 연방의 군복이 준비
됐다──그래도 아직 소년들은 이쪽의 말을 처음부터 끝까지 의
심하는 모양이었다.

어딘가로 끌려가서 죽는 것 아닐까, 실험실이나 감옥 같은 곳에
던져지는 걸까. 어찌 됐든 얌전히 처형될 정도라면 도망치다가
등에 총을 맞아 주마.

그렇게 생각하며 빈틈을 엿보는 기색을 모르는 척하면서 에른
스트는 주위의 경호원에게 넌지시 경계를 강화시켰다. 딱히 도망
친다고 해도 총을 쏠 생각은 없지만, 붙잡을 때 부상을 입히거나
해도 귀찮다.

뭔가 이상하다고 그들이 생각하기 시작한 것은 그들이 탄 수송
기가 시가지 위에 접어들었을 즈음부터였다.

수도 근교의 기지에서 수송기에서 내렸고, 여기서부터는 차로
이동한다면서 준비된 승용차에 탄 뒤로는 곤혹스러운 기색이 됐
다.

기지의 게이트를 나온 차는 기아데 연방 수도, 장크트 예데르의
메인스트리트를 달렸다.

"……아."

무심결에 목소리를 흘린 크레나가 창문에 달라붙었다. 앙쥬와

세오도 그 뒤를 따랐다. 신과 라이덴은 그들만큼 노골적인 반응을 보이지 않았지만, 창밖으로 시선을 주고 숨을 삼키며 움직이지 않는 모습은 다름없었다.

오가는 사람들, 그들과 똑같은, 혹은 다른 색채를 가진 수많은 —— 수많은 사람들.

부모와 손을 잡고 떠드는 어린 소녀. 카페의 테라스 자리에 앉은 노부부. 웃으며 지저귀는 하굣길의 학생들. 꽃집 앞에서 점원에게 이것저것 묻는 연인들.

다소 일그러진 두 눈에 비친 것은 그리움이고, 아픔이고, 단절이기도 했다.

그것은 —— 그들이 9년 만에 보는, 극히 흔해 빠진 평화로운 거리의 모습이었다.

"——잘 왔구나, 나라에서 쫓겨난 가련한 이들."

차는 조용한 주택가 구석에 있는 자그마한 저택 앞에서 멎었고, 거기는 평소에 관저에서 생활하는 에른스트의 사저였다.

그것은 둘째 치고, 현관 홀에 들어가자 나온 그 말에 에른스트는 이마를 누르고 소년들은 놀랐다.

거의 조롱조로 여유 넘치는 그 말이 —— 나이 어린 소녀의 높고 창창한 목소리였기에.

정중함 따윈 어디에 내버렸는지 단상 위에 버티고 서서 거만하게 팔짱을 끼고 턱을 쳐들며 말한 것은 간신히 열 살이나 됐을 흑발과 붉은 눈동자의 소녀다.

"우리 기아데가 가련한 그대들을 자비와 연민으로 환대하지. 비천한 이들에게 보은 따윈 기대하지 않으니, 감사의 마음으로 받아들이도록 해라!"

그러면서 신을 척 가리켰다. 이 짧은 시간 동안에 집단의 파워관계를 정확하게 꿰뚫어 본 것은 혜안이라도 해도 좋겠지만──.

"어이, 붉은 눈, 왜 뒤돌아보는 것이냐!"

"……또 누가 있나 하고."

그렇게 말하는 신의 목소리는 지극히 차가웠다. 당연하지만.

"지금 그대가 문을 닫았지 않나! 바보로 아는 거냐?!"

신은 대답하지 않았지만, 뭐, 대충 그렇겠지.

"큭…… 이러니까 공화국의 비천한 이는……. 아무리 제국 귀종(貴種)의 피를 이었다고 해도──."

말하려다가 문득.

소녀의 붉은 두 눈이 어딘가 다른 곳을 [보았다].

"……그대, 목에 무슨 상처가 있나……?"

"읏."

신은 한순간 숨을 삼켰다.

내려다보는 붉은 두 눈동자의 온도가 순식간에 내려간다. 그 냉철함과 아마도 멋쩍음에 소녀가 움츠러들었다.

에른스트가 한숨을 내쉬며 말했다.

지금 군복 옷깃으로 숨기고 있는 신의 목의 흉터는 보았고, 그 유래는 묻지 않았지만.

"프레데리카, 그만해라. 그들의 사정은 들었겠지. ……건드리고 싶지 않은 상처는 네게도 있을 거다."

"……미안하다."

소녀는 의외로 순순하게 고개를 숙였다.

완전히 독기 빠진 모습에 라이덴이 에른스트를 돌아보았다.

"딸? ……이렇게 말하긴 좀 그렇지만, 예의를 더 가르치는 게 좋겠는데."

"으음, 아니, 그녀는 내 딸이 아니라."

"누가 이런 말단 공무원의 딸로 있을까."

그렇게 내뱉은 소녀는 얄팍한 가슴을 힘껏 폈다.

그 바람에 뒤로 넘어질 뻔했던 것은 애교다.

"나는."

"프레데리카 로젠폴트. 다소 사정이 있어서 맡고 있는 아이지."

프레데리카가 울컥해서 노려보자 에른스트는 무시했다.

"대외적인 설명이 귀찮으니까 일단 서류상으로는 딸인 걸로 했지만. 아, 자네들도 서류상 내 양자인 걸로 됐으니까. ……아빠라고 불러도 되는데?"

정적이 흘렀다.

"……농담이야. 그렇게 잔뜩 싫은 표정을 하지 않아도 되는데……."

설마 했던 신에게까지 차가운 시선을 받았다.

"뭐, 아무튼 앞으로는 한동안 함께 살아야 하니까. 아직 세상을 잘 모르는 아이지만, 여동생이라고 생각하고 친하게 지내 주면 기쁘겠군."

프레데리카는 흥 하고 코웃음을 치면서 야유하듯이 입꼬리를 들어올렸다.

"전쟁과 박해로 상처 입고 거칠어진, 가련한 그대들의 마음을 치유하기 위해 주어진 애완동물이란 것이지."

신이 살짝 눈을 가늘게 떴다.

다 꿰뚫어 보았다는 듯이 프레데리카는 웃었다.

모를 리가 없을 거라고, 조소와 기묘한 연대감을 띠고서.

"나만이 아니라 그대들에게 이 녀석들이 주는 건 다 그렇다. 안전하고 쾌적한 저택, 어머니 같은 메이드, 아버지를 맡는 비호자, 사랑스러운 여동생──. 그대들이 잃은 가족과 집과 행복을 대신할 것을 자비 넘치게 내려준다는 것이 연방 정부의 생각이지. ……자, 열심히 귀여워해 주도록 해라, 오라비들. 가련한 자들끼리 사이좋게 지내도록── 꺄아악?!"

일단은 이거라는 듯 단순하고 거친 손길이 그녀의 머리를 휘젓는 바람에 프레데리카는 비명을 질렀다. 붕붕 머리를 흔들어 손을 쳐내더니 뒤에 대기하는 금발벽안의 메마른 메이드에게 울며 매달렸다.

"우와앙, 테레사! 벌써부터 날 괴롭힌다!"

"예, 예, 프레데리카 님. 지금 그건 처음부터 끝까지 프레데리카 님이 잘못하셨습니다."

넌지시 결정타를 꽂은 테레사는 눈의 여왕 같은 시선으로 부드럽게 미소 지었다.

"지치셨지요, 여러분. 일단 느긋하게 커피라도 어떠실까요."

조금 이르게 준비된 저녁 식사를 마친 직후에 소년들은 각자에게 주어진 방으로 갔고, 생각했던 것처럼 그대로 푹 잠든 모양이었다.

무리도 아니다. 홀로 식당의 테이블에서 식후의 커피를 즐기면서 에른스트는 그렇게 생각했다. 자신에게는 익숙하고 평화로운 거리, 마음 편히 쉴 수 있는 자택이라도, 너무나도 오랫동안 단절됐던 그들에게는 그야말로 다른 세계에 온 정도로 환경이 격변한 꼴이다. 지치기도 했겠지.

들어온 프레데리카가 불만스러운지 입술을 삐죽였다.

"……다들 잠들었다. 공화국이란 곳의 이야기를 들을 줄 알았는데 재미없군."

하지만 작은 손에는 트럼프 다발이 쥐어져 있어서, 아무래도 이야기를 듣는 것은 구실이고 같이 놀고 싶었던 모양이다.

"우유라도 필요한가, 전직 폐하?"

"멍청하긴. 퇴위한 기억은 없다, 말단 공무원. 그리고 우유가 다 무엇이냐. 어린애 취급하지 마라."

"아이가 자기 전에 커피는 좋지 않아."

그렇게 말했지만 뒤처리와 내일 아침 준비를 마친 테레사가 커피컵을 가지고 왔다. 프레데리카의 몫과 테레사 자신의 몫.

"수고 많군, 테레사."

"아뇨, 주인님. 뭐, 하지만 그 또래 아이들은 많이 먹으니까요. 만드는 보람이 있습니다."

푸른 눈동자가 슬쩍 보이는 것은 격무에 시달리는지라 거의 이 저택으로 돌아오지 않는 에른스트에 대한 야유다. 프레데리카 님 혼자 식사하신다고 잔소리 하던 것이 기억에 생생하다.

"미안하군. ……앞으로도 고생을 시키게 되겠어."

박해와 전장, 악의와 죽음밖에 모르는 아이들이다.

안녕과 선의에 익숙해지는 것은 그 반대보다 훨씬 힘들 테니까.

"천만의 말씀입니다. 주인님을 모시는 것이 제 일입니다."

"……취미가 나쁘다고는 생각하지 않나?"

조용한 시선을 돌려주는 테레사.

누구보다도 사랑하는 여성과 전혀 다름없는, 그야말로 거울에 비친 듯이 똑같은 얼굴을 했는데도 마음은 언제나 털끝만치도 움직이지 않는다.

"어리석은 보상 행위일까. ……나는 그들을 대역으로 삼는 걸까?"

"——아니요, 주인님."

말과 달리 테레사의 목소리는 차가웠다. 눈의 여왕 같은 시선이 지금은 정말로 얼어붙을 것 같다.

당신의 앞에서는 그럴 수밖에 없다고 테레사는 말했고, 에른스트 자신도 그러기를 바랐다.

허락되는 환상 따윈 영원히 어울리지 않으니까.

"대역 같은 건 되지 않는다. 그들이고 누구고, 인간은 항상 유일한 존재여야 한다."

프레데리카는 담담하게 말했다.

"하지만 인간은 청산을 원하는 법이지. 그것이 어떤 형태든지."

에른스트는 커피컵을 입에 댔다.

"누구를 향한 말이지, 여제 폐하?"

"그건."

말을 꺼내려던 프레데리카는 입을 다물었다.

속마음을 반영하여 희미하게 파도치는 커피의 검은 수면을 내려다보며 입술을 다물었다.

이야기를 듣고 자료를 보았을 때는 놀랐다.

사진이기 때문일까 싶었는데, 장본인을 직접 봐도 그건 변함없었다.

나이가 다르다. 이어진 피가 절반은 다르다. 바라보는 두 눈동자의 색채, 무엇보다도 거기에 떠오른 표정이 다르다.

그런데도 왜—— 그렇게 닮았을까.

다른 사람이라고…… 자신과 마찬가지로 새장의 평온에 사로잡히려는 가련한 자라고, 그렇게 금을 긋지 않으면 겹쳐볼 정도로.

"……키리……."

제3장 와일드 블루 얀더

공화국 동부전선 제1전투구역보다 200킬로미터 이상 북쪽에 위치한 연방 수도 장크트 예데르의 겨울은 조용히 내리는 눈에 갇혀서 조용하고 새하얗다.

신은 광장으로 향하는 대로 구석에서 발을 멈추고 시청 건물의 시계탑을 흐릿한 안개로 가두는 가루눈을 올려다보았다. 포장도로는 아침에 제설작업을 했고, 시장이 서는 광장 중앙에 성탄절 장식이라며 설치된 전나무.

볼 리 없는 눈이었다.

어딘지도 모르는 전장의 구석에서 자신들의 시체에 쌓이고, 봄에는 함께 녹아서 사라졌을 눈이었다.

그걸 이렇게 전투소리 하나 들리지 않는, 사람들이 오가는 평온한 가도에서 보다니 신기한 기분이 들었다.

내뱉는 숨결은 언젠가의 전투처럼, 하얀 악마에 파묻힌 성당의 폐허 앞 광장과 마찬가지로 하얗고, 새로 받은 촘촘한 모직 코트는 그때와 달리 따뜻하다.

고개를 한 차례 내젓고 눈길을 다시 걷기 시작했다.

연방 수도 중심가, 시청 광장과 접한 옛 황립 제도중앙도서관은 난방이 되어 있어서, 코트를 벗고 눈을 털어낸 뒤 들어갔다. 여기에 다니기 시작한 지 한 달 남짓, 얼굴을 익히기 시작한 사서들과 짧은 인사를 나누면서 마음 내키는 대로 책꽂이를 뒤졌다.

제도중앙도서관은 5층까지 뻥 뚫린 대형 홀을 천장까지 닿는 책꽂이와 부채꼴로 뻗은 별관이 둘러싸는 구조로, 여름 별자리를 본뜬 돔 천장의 정교한 나전세공이 아름답다. 휴일은 고사하고 날짜 감각마저 제대로 없는 생활을 했던 신에게 '평일 낮'이라서 인적이 드물고 정적이 떠도는 독특한 분위기는 익숙하지 않다.

"──음."

문득 평소에는 발을 멈추지 않는 아동서 책꽂이 앞에 멈춰선 것은 키 작은 책꽂이의 제일 위에 표지를 보이는 형태로 있는 그림책의 표지가 기억에 있었기 때문이다. 신은 세월이 지나 빛 바랜 종이의 책을 꺼냈다.

책 자체는 기억에 없다. 눈이 간 것은 표지의 그림이었다.

장검을 든, 목 없는 해골 기사.

형의──…….

훌훌 넘겨보았지만, 내용도 기억에 없었다. 알 것 같기도 했지만, 그 줄거리 자체는 흔해 빠진 거니까 기분 탓일지도 모른다. 약한 자를 돕고 악한 자를 꺾는 정의의 용사.

다만 대충 읽어본 간단한 문장에 형의 목소리가 겹친 듯했다.

페이지를 넘기는 커다란 손. 언제부터인지 조금씩 낮아진 목소리. 매일 밤 읽어달라고 졸랐다.

이젠 어디에도 없는 형.

──미안해.

되살아났다. 진짜 최후의 말, 그리고 생전 마지막으로 본 것과 마찬가지로, 쫓아가도 어딘가로 가는 뒷모습.

조금 떨어진 곳에서 작은 발소리가 우뚝 멈춰 서는 기척이 있었다.

시선을 주니 대여섯 살 정도의 여자애였다. 귀를 덮는 털실 모자를 쓰고, 은색의 커다란 눈동자를 동그랗게 뜨고 있었다.

이 그림책을 보고 있다고 깨닫고, 책을 덮어서 그대로 한 손으로 내밀었다. 낯가림을 하는 것일까, 소녀는 조금 주저한 뒤에 조심조심 책을 받고 빙글 발길을 돌려가 서둘러 어딘가로 달려갔다.

하지만 그런가 싶더니 신과 비슷한 또래의 소년과 함께 돌아왔다.

그 백은색 머리와 안경 안쪽의 백은색 눈동자에 신은 한순간 표정을 굳혔다.

백은종. ──백계종이다.

여기는 86구의 최전선이 아니고 눈앞의 상대도 공화국인이 아니다. 그건 알고 있지만.

"미안, 동생이 실례를."

"……아니, 괜찮아. 읽던 것도 아니고."

그러자 소년은 눈꼬리를 곤두세웠다.

"괜찮지 않아. 뭔가를 받거나 양보받았으면 고맙다고 해야지. 그런 건 어렸을 적부터 잘 가르쳐야 해."

그러면서 등을 밀어서 소녀를 앞으로 보냈다. 소녀는 잠시 머뭇

거렸지만, 이윽고 안 들릴 정도의 목소리로 뭐라고 말하더니 또 서둘러 도망갔다.

"그러면 안 된다고! ……으음."

곧바로 이쪽을 향하는 여사서의 날카로운 시선에 소년은 입을 다물었다.

사서는 흑발에 진녹색 눈동자였다. 그런 여성이 백계종 소년을 나무라며 입 다물게 하는 것은 신에게 다소 기묘하게 비쳤다. 다른 장소에 왔다고 다시금 실감했다.

이거야 원……. 그렇게 숨을 내쉬는데 소년이 꾸벅 고개를 숙였다.

"고마워. 그리고 내 여동생 교육에 어울리게 해서 미안해."

스스로 말했듯이 예의 바르게 말했다. 신은 다소 재미있어졌다.

우직할 정도의 성실함이 은색 머리와 눈동자 색깔과 어우러져서, 얼굴도 모르는 마지막 핸들러를 떠올리게 했으니까.

"아니, 오빠 노릇도 힘들겠어."

"누구를 닮은 건지 모르지만, 정말로 낯을 가려서."

어깨를 늘어뜨리더니 소년은 고개를 갸웃거렸다.

"저기, 무례한 말일지도 모르지만. 이 시간에 자주 있네. 학교에 안 가?"

연방에서는 명목상 6년제 초등교육까지가 의무교육이고, 그 이후는 유상이며 임의다. 왜 명목상이냐면, 아무래도 9년 전에 시작된 제도라서 수도 인근이라면 또 몰라도 그 이외의 지역은 교사 충원과 학교 건축이 전부 수요를 따라잡지 못하기 때문이다.

하물며 원래 연방 시민이 아닌—— 에이티식스로 수용소와 전장에서 살다가 불과 2개월 전에 연방에 보호된 것에 불과한 신은 당연히 학교에 가지 않는다.

에른스트에게서는 봄이 될 즈음이면 여기 생활에도 익숙해질 테니까 생각해두라는 말을 들었지만.

"그쪽은?"

"응?"

"학교에 가야 할 시간에 자주 나를 보았다면 그쪽도 이 시간이 자주 여기에 있다는 소리잖아."

소년은 다소 한심한 표정으로 쓴웃음을 지었다.

"으음, 그래. 안 가네. 그렇다기보다는 못 가. 역시 귀족 출신은 아무래도 상황이 불편하니까."

시민혁명 후 연방에서 옛 귀족계급의 상황은 둘로 나뉜다고 했다.

대규모 농업이나 중공업 등, 국가의 생명과 관련된 대사업에 관련됐던 대귀족들은 신분과 징세권을 반납한 뒤에 그대로 경영자로 살아남았다. 《레기온》과 대치하는 동안 전력에 직결되는 그런 사업에 혼란을 줄 수 없기 때문이다. 마찬가지로 가문을 잇지 않은 귀족 자제인 옛 제국군 사관들도 그대로 사관으로 연방군 내에 많이 남았다.

한편 그 이외의 귀족들은 일반시민으로 살 수밖에 없었지만, 노동을 모르고 과거의 시민계급에게 미움받는 그들은 직업을 얻기 어렵다. 애초부터 먹고 살아갈 만한 자산도 없었던 하급귀족들은 현재 노동자보다도 궁핍한 경우도 종종 있다니.

"그러니까 혹시 비슷한 처지인가 했는데. ……미안, 역시 무례했지."

눈썹을 늘어뜨리는 소년에게 신은 고개를 내저어 주었다.

"괜찮아. 나는 여기 태생이 아니니까."

연방 태생이 아니라는 의미인데, 장크트 예데르 주민은 '옛 제국 제도령 태생이 아니다'는 뉘앙스로 받아들인다는 것을 이전에 몇 사람과 나눈 대화로 배웠다. 에이티식스를 설명하긴 귀찮고, 옛 제도령 주민에게 제도령 밖은 하나같이 '속령'인 모양인지 더 이상 자세하게 묻는 일이 없어서 그렇게 넘기고 있다.

제국이 여럿 가졌던 속령은 각자가 다른 문화를 가졌기 때문에, 습관이나 가치관, 경우에 따라서는 언어마저도 옛 제도령과 전혀 다르다. 신경 쓸 것 없다고 언외의 말로 전하자, 소년은 안도하는 동시에 호기심으로 두 눈을 빛냈다.

"헤에. 야흑종과 염홍종의 피를 이었는데 제도 태생이 아니라니 신기하네……. 아, 무례한 말이었네. 미안."

소년은 머리를 긁적였다. 안경 안쪽의 백은색 눈동자가 웃고 있었다.

"유진 란츠야. 괜찮다면 잘 부탁해."

"──그런 식입니다. 그들이 여기에 온 지 한 달이 됩니다만, 슬슬 익숙해진 모양입니다."

보호한 소년들에게 에른스트는 처음에 '일단은 느긋하게 쉬며

이 나라를 보고, 그다음에 앞날을 생각하면 된다.' 라고 말했다. 마음껏 돌아다녀도 된다고 말했지만, 아무리 그래도 익숙하지 않은 연방의 시내에 갑자기 혼자 내던지는 짓은 할 수 없다.

처음에는 안내인으로. 조금씩 익숙해진 뒤로는 멀찍이서 지켜보는 젊은 담당관의 보고를 비서관이 정리했고, 산더미처럼 쌓인 전자서류를 샅샅이 훑으면서 에른스트는 말했다. 그동안에도 집무책상 위의 단말에서 눈을 들지 않았다.

"그래. 어제는 전쟁사 책장을 낱낱이 훑고 그제는 철학서, 그 전날에는 전몰자 묘지에 가더니, 오늘은 왜 또 갑자기 그림책일까. 여전히 기준을 전혀 모르겠지만, 친구가 생긴 것은 좋은 징조야. 오늘은 찰밥인가!"

"찰밥이 뭔지 모르겠고 이벤트로는 완전히 어긋났으니까, 그런 건 그만두지요."

"애초에 오늘 귀가하실 수 있겠습니까? 아까 라이덴 군이 옷가지와 테레사 씨의 야유를 전달하러 왔습니다. 대체 뭘 시키는 겁니까?"

동방흑종과 흑철종 비서관이 담담하게 쏘아붙였지만, 에른스트는 개의치 않았다.

"옷가지야 그렇다 치고, 관저 안에 세탁실이 있어서 매일 똑같은 양복을 입고 있으니까 테레사가 보내고 싶었던 것은 사실 야유뿐이겠지. 오늘은 무슨 일이 있어도 반드시 귀가할 거고, 자네들도 귀가하게! 오늘은 성탄 전야제니까!"

"뭐, 그건 고맙습니다만."

"이왕이면 선물도 사 들고 가고 싶군. 성탄 전야제 밤에 선물을 나누는 습관은 공화국에도 있나?"

"일단 있는 모양입니다. ……그 애들이 그런 걸 기억할지는 미묘합니다만."

"다시금 기억하게 하면 되지. ……어디, 뭐가 좋을까……."

역시 단말에서 눈을 떼지 않는 채로 에른스트는 신이 나서 미소 지었다. 시간이 없으니까 그리 대단한 건 준비할 수 없겠지만.

장크트 예데르에 온 지 한 달. 소년들은 조금씩 평화를 즐기는 법을 발견하기 시작한 모양이다. 라이덴은 바이크 배달 아르바이트를 시작했고, 앙쥬는 요리교실을 다니고, 세오는 스케치를 위해 여기저기 다니고, 크레나는 윈도우 쇼핑을 즐기고, 신은 내키는 대로 도서관이나 박물관을 다니고 있다. 제각각 지인이나 친구를 만들기 시작한 모양이다.

진심으로 다행이라고 생각했다.

종군하겠다는 말은 더 이상 아무도 하지 않는다. 조국에서 받은 박해로부터…… 싸우는 이로서 새겨진 의식에서 그들은 간신히 도망치고 있는 모양이다.

그들은 이미 〈에이티식스〉가 아니다.

"……봄에는 진로든 뭐든 준비해야만 할까."

창밖은 빛나는 봄을 기다리는, 북부 군사도시의 기나긴 겨울.

밤중에 시작된 눈은 정오를 지날 무렵에 그쳐서 지금은 거짓말처럼 구름 한 점 없는, 아련하게 푸른 하늘이 회백색 돌이 깔린 광장 위에 펼쳐졌다.

세오는 한가로이 거닐던 걸음을 멈추고 그 푸른 하늘을 올려다보았다.

광장 중앙에 있는 벚나무, 이파리 하나 없이 굴곡진 검은 가지와 그 너머의 더없이 맑고 높은 겨울 하늘.

끝없는 것처럼 보이면서도 당장에라도 시커멓게 금이 가서 깨지고 떨어질 것만 같다.

시선을 내리면 가두 TV의 홀로스크린이 의회를 중계하고 있었다.

그 단상에서 평소처럼 대량생산품 양복에 안경을 낀 에른스트가 뭔가 연설하는 모습은 언제 봐도 이상한 느낌이다. 혁명의 지도자이며 영웅, 임기 10년째인 잠정 대통령. 세오로서는 가끔씩 귀가해선 멋대로 정한 귀가시간에 대해 잔소리를 하거나 프레데리카와 TV 채널 결정권을 두고 어른스럽지 않은 싸움을 벌이는, 단순히 괴팍한 아저씨인데.

30분짜리 애니메이션 정도야 묵묵히 보여주면 좋을 텐데, 라는 말은 뉴스 방송이 마법소녀로 변하거나 축구 중계가 무슨 전대물로 바뀌는 게 이미 당연해진 신과 라이덴의 말.

별생각 없이 들어보니 연방의 전황에 대한 연설인 모양이다. 각 전선의 상황과 분석, 앞으로의 전망. 분석한 것은 에른스트 본인이 아니겠지만, 적어도 그게 가능할 정도의 정보가 각 전선에서 올라오는 모양이다. 5년 정도 같은 보고서를 계속 써도 들키지 않

는──아니, 마지막 핸들러에게는 들켰지만──공화국의 꼴과
는 많이 다르다.

　매일 밤에 신이 보는……이라기보다는, 예전처럼 책을 읽으면
서 반쯤 흘려듣는 뉴스에서도 전황에 대해서는 그럭저럭 정확하
게 보도됐다. 방송 마지막에 나오는 그날의 전사자 발표도. 일반
졸병에 불과한 전사자까지 매일 밤 국영방송에서 발표하고, 그
전사자를 알지도 못하는 시민들이 추도한다. 그것이 연방에서는
당연한 모양이다. 세오 자신은 전혀 모르는, 10년 전까지의 이웃
나라에서도.

　정말로 공화국의 하얀 돼지들은 머리가 이상한 놈들이었다고
생각하는 반면── 들을 때마다 항상 마음속 어딘가로는 가만히
있을 수 없는 기분에 사로잡혔다. 이렇게 있어선 안 된다고, 여기
에 있어선 안 된다고, 달라붙은 초조감이 가슴속을 휘저었다.

　절실히 생각한다.

　역시 우리는.

　똑같이 그림 취미를 가진 사람들도 이렇게 추운 날에는 나오지
않는다. 스케치북을 옆구리에 끼고, 잔해는 물론이고 쓰레기 하
나 떨어지지 않은 광장을 걸었다.

　10년 전의 시민혁명에서는 여기 장크트 예데르에서도 전투가
벌어졌다는 모양으로, 갑자기 돌바닥이 거기서부터 새것이 되거
나 시내를 종단하는 강에 불타버린 다리 흔적만 남아 있거나 역사
있는 장엄한 대성당의 종루가 포격으로 날아간 채로 방치됐든가
한다. 그 종루의 무너진 돌벽에 넝쿨이 잔뜩 뻗은 모습이, 사람이

사는 도시인데도 무슨 전쟁터의 폐허 같아서 재미있다고 생각하며 스케치하고 있었더니 거기의 사제 할아버지가 왜인지 사탕을 주었다.

익숙지 않은 발소리가 뚜벅뚜벅 다가와서 돌아보니 앙쥬였다.

"여기 있었네. 오늘은 공화광장 근처에 간다고 그랬으니까 혹시나 싶었더니."

"음, 설마 공화국의 옛 대사관 앞 광장일 줄은 몰랐는데…… 왜?"

고급스러운 블라우스에 엷은 색의 코트, 하늘하늘 긴 스커트와 목이 긴 부츠는 야전복 차림의 그녀밖에 모르는 눈에 아직도 익숙하지 않다. 자기 자신을 포함한 다른 동료들을 볼 때도 그렇다. 안 어울리는 건 아니라고 생각하면서도 어딘가에 위화감이 있다.

"조금 도와줄래? 말하자면 짐꾼이 필요해, 나 혼자만으로는 손이 모자라서."

"음, 알았어. ……나 혼자면 돼? 누구 부를까?"

짐꾼이라면 여자인 크레나와 아이인 프레데리카는 논외로 치고.

"라이덴……은 아르바이트 때문에 안 되나. 신이라면 한가하려나."

그보다 기본적으로 전원이 매일 할 일도 없이 한가하지만.

그렇게 말하면서 지각동조를 기동시키려고 오른쪽 귀의 귀걸이에 손을 댔다.

"액티베이트."

손가락은 귀걸이의 딱딱한 감촉을 느끼는 일 없이 헛손질했다.

"……"

그랬다 싶어서 세오는 침묵했다. 열심히 웃음을 참는 얼굴로 앙쥬가 휴대단말을 꺼내어 보여주기에 자기 휴대단말을 꺼냈다.

"이거 정말 편리해. 일부러 가지고 다녀야만 하고, 상대가 전원을 끊으면 연결이 안 되고, 일일이 전화번호를 입력하고 등록해야만 하고."

처음에 한 말과 뒤에 이어지는 말과 표정이 맞지 않는다. 앙쥬는 킥킥 웃었다.

"등록이야 레이드 디바이스도 핸들러가 바뀔 때마다 바꿨잖아."

"하얀 돼지가 말이지. ……그것도 귀찮은 모양이더라. 죄다 하얀 돼지의 사정인데 올 때마다 이런저런 불평을 해대고."

지각동조라는 목걸이를 프로세서에게 채운 것은 공화국의 사정이고, 가변 데이터 등록용 귀걸이를 떼어낼 수 없도록 단 것도 공화국이다. 소독도 않고 마구잡이로 단 주제에 연방에서 제거한 뒤에도 흉터가 남도록 한 것은 세오 자신이라면 모를까 앙쥬나 크레나 같은 여자를 보면 지금도 화나는 일이다.

분명히 그들이…… 정확하게는 신을 담당한 핸들러가 이상한 빈도로 자주 바뀐 것은 사실이지만, 그것도 딱히 이쪽의 책임이 아니다. 마지막 핸들러는 그들과 동갑내기인 가련한 공주님이었지만, 그녀도 견뎌낸 것을 견뎌내지 못한 쪽이 잘못이다.

"그런 걸 탐내다니 연방도 참 이상해. 오랫동안 쓰긴 했지만, 도무지 정체를 모르겠는데."

"뭐, 전장이라면 도움이 되지 않을까? 이쪽도 방전교란형은 있는 모양이고, 〈저거노트〉 쪽이야 그런 걸어 다니는 관짝을 조사해서 뭘 하려는 건가 싶지만."

연방에 보호될 때 가지고 있던 소지품은 지금 하나도 수중에 남아 있지 않다.

〈저거노트〉와 레이드 디바이스는 왜인지 몰라도 조사하고 싶다면서 어디 연구소로 가져갔다고 들었다. 기타 물품은 딱히 개인 물품도 아니고 애착도 없는 거라서 처분하도록 했지만.

"……그러고 보면 신은 권총만큼은 돌려달라고 했지. 연방에선 일반시민이 총기를 소지하려면 허가가 필요하다면서 기각됐지만."

일단 에른스트가 맡는 형태로 보관된 모양이지만.

"애착이랑은 다르지만. 모두에게 안식을 준 권총이니까. 신 군, 그 역할만큼은 절대로 남에게 양보하지 않았으니까."

부장으로서 오랫동안 함께 있었던 라이덴에게도.

세오는 한 차례 한숨을 내뱉었다.

"다 들리니까 소용없겠지만. ……신은 조금 더 편하게 살아도 좋다고 생각하는데."

죽지 못하는 망령의 목소리를 듣는 그 동포는 그것 때문인지 너무 죽은 이에 집착한다는 게 세오의 생각이었다. 혹은 죽음 그 자체에.

이를테면 채 죽지 못해 괴로워하는 동료를 쏘는 역할에.

마지막까지 데려간다고 약속했던, 그와 함께 싸우고 그를 놔두고 죽어간, 첫 부대부터 스피어헤드 전대까지의 수많은 전우들에.

그 뇌를 《레기온》에 빼앗겨서 마지막 한탄을 되풀이하는 〈검은 양〉으로 변한 동료들에.

무엇보다 지금은 쓰러졌지만, ……옛적에 죽은 형의 머리에.

앙쥬는 파란 눈동자를 내리며 생각에 잠겼다.

"사로잡혔으니까 어떻게든 된 것 아닐까."

"……그게 무슨 소리야?"

"사로잡혔다는 건 바꿔 말하자면 붙들려 있다는 소리야. 형을 없앤다는 목적이 있었으니까 신 군은 남아 있을 수 있었던 걸지도 몰라."

목의 상처에 달라붙는 수많은 죽은 이의 한탄과 저주에서, …… 얄궂게도 그 상처를 내고 죽은 형의 존재 덕분에.

"우리는 에이티식스고, 그 전장에서 죽어야 했으니까 어느 정도는 어쩔 수 없었지만. 특히나 신 군은 정말로 형만 생각하는 듯한 구석이 있었으니까. 그게 사라진, 지금은…… 조금, 걱정돼."

"……."

세오로서는 그런 걱정이 잘 와닿지 않았다.

앙쥬는 주위를 잘 살핀다. 그러니까 꼭 틀리다고만 말할 순 없겠지만.

"앙쥬는 어때?"

"응?"

"그 전장에서 죽을 터였는데 이렇게 살아남았어. 자기 앞날을 생각하라고 하는데…… 어쩔 건지 정했어?"

앙쥬는 꽃잎 같은 색깔의 입술로 쓴웃음을 지었다.

아하, 화장을 하게 됐구나, 라고 흐릿하게 생각했다.

"이제 와서 그런 걸 물어?"

세오도 입가에 웃음을 지었다.

이제 와서.

"그렇지."

"이를테면, ……다이야 군이 여기에 있었으면, 조금만 더 기다려 보면, 그런 생각을 했지만. 역시 똑같아. 해야 한다고 생각하는 것도, 하고 싶은 것도. 우리는――."

"그래."

그 말을 받아서 세오는 끄덕였다.

"나도 그래. 아마 다들 그럴걸. 우리에게는 그것뿐이니까."

우리는.

서로 같은 마음을 공유한다고 이해했을 때의, 어딘가 만족스럽고 기분 좋은 침묵이 잠시 동안 흘렀다.

갑자기 앙쥬가 짝 하고 손뼉을 쳤다.

"그건 그렇고."

"아, 그렇지. 짐 들어야지."

잊고 있었다.

등록된 신의 휴대단말 번호를 불러내 음성 통화를 선택. 반복되는 고전적인 신호음이, ……꽤나, 아마도, 상당히 기다려도 끊어지지 않기에 세오는 얼굴을 찌푸렸다.

"――안 받잖아!"

†

신에게 꿈이란 오랫동안 형에게 죽는 날 밤의 재현이었으니까, 그 이외의 꿈은 그다지 기억에 없다.

그래도 알았다.

이것은 꿈이다.

"——심한 부탁이란 건 알고 있다."

짙은 안개로 갇힌 공간에서 카이에가 웃었다. 공화국의 제86구, 동부전선 제1전투구역의 전장에서 죽은, 스피어헤드 전대의 동료 소녀.

극동흑종 특유의 흑발과 검은 눈동자. 공화국의 사장된 재고인 사막 위장 야전복에 포니테일.

자그만 머리는 본래 있어야 할 곳에 없고, 잘려나간 마지막 모습 그대로 그녀 자신의 두 팔에 안겨 있었다.

그 머리가 웃었다.

"너희는 그 끝까지 도달했어. 거기까지 우리를 데려다주었어. 그러니까 이제 우리를 잊어도 될 거야. ……하지만."

손이 닿지 않아 똑같은 존재가 된 동료는 많고, 그러니까 그녀도 카이에 본인이라기보다는 그 많은 동료들의 상징이겠지.

시체를 《레기온》에 빼앗기고, 때로는 아직 숨이 붙은 상태로 끌려가서 그 뇌 구조를 빼앗겼다. 하얀 양 사이에 섞인 이단적인 〈검은 양〉이 되어버린 전우들.

"그건 알지만 그래도 역시 괴로워. 이대로 계속 남겨지는 것은

괴로워. 죽었으니까 돌아가고 싶어. 그러니까—— 신. 우리의 저
승사자."

신 자신은 한 번도 악명이라고 생각한 적 없는 별명을 부르며 카
이에는 웃었다.

군화 밑에는 인간이 들어갈 수 없는 깊은 풀밭과 복잡한 여덟 개의
선로. 짙게 깔린 하얀 안개의 장막 너머에 자리 잡고 엎드린 〈저거
노트〉와 〈스캐빈저〉의 잿빛 모습.

지난 늦가을, 두 달 전에 도달한 《레기온》 영역의 전쟁터.

"부디 우리도 구해 주지 않겠어?"

전사자의 뇌 구조의 열화 카피인 〈검은 양〉에게 인격은 없다.

〈양치기〉조차도 인간과 동등한 사고능력을 갖추었어도 의사소
통은 되지 않는다.

그러니까 눈앞의 이 소녀도 카이에나 동료들이 아니라…… 자
신의 미련이겠지.

남기고 와버렸다. 그때는 형 하나만 찾아서 매장해 주는 것만으
로 빠듯했으니까.

"——그래."

"……신."

이름을 부르는 소리에 눈을 뜨자 제도 중앙도서관 열람실, 8인
용 커다란 테이블에 엎드린 자세에서 신은 몸을 일으켰다.

맞은편 자리에는 의자에 앉지 않고 등받이에 두 팔을 올린 유진

이 안경 안쪽의 백은색 두 눈동자를 부드럽게 풀며 웃고 있었다. 여동생이라는 소녀는 어디서 그림책이라도 읽고 있는지 근처에 없었다.

"아무리 해가 나와서 따뜻해졌다고 해도 자고 있으면 사서에게 혼나. 분명히 여기는 볕이 들어서 따뜻하지만."

여기 별관 열람실은 천장의 창문에서 자연광을 받아들이는 구조로, 오래되고 두꺼운 유리에 부드럽게 약해진 햇살이 유리에 새겨진 레이스 무늬를 열람실 전체에 퍼뜨린다. 여름에는 밖에 쭉 심은 느릅나무 이파리가 햇살을 죽이고 차단한다는 모양이다. 오후의 실내는 햇살로 데워지고, 잘 살펴보면 긴 열람실의 다른 테이블에도 몇 명이 독서 중, 혹은 공부 중에 잠들어버린 듯한 동년대의 소년소녀의 모습이 있었다.

"밤샜어?"

"그런 건 아니지만."

첫 대면인 상대가 근처에 있는데 눈을 뜨지 않다니, 이미 몇 년이나 경험하지 않았던 일이다. 아마도 능력의 대가인지 이따금씩 극도의 피로 때문에 잠에 사로잡힐 때 이외에는.

꽤나 마음을 놓고 있었다고 남의 일처럼 생각했다.

격납고의 소음이나 멀리서 울리는 포성을 듣지 않는 일상에도 꽤나 익숙해졌다. 인근 《레기온》의 움직임에 계속 신경을 쓰지 않아도 되는 생활에도.

한탄의 목소리가 들리는 것은 변함없다. 여기서는 머나먼 전선 너머. 줄어들기는커녕 계속 늘어나는, 대지를 가득 메우는 기계

망령들의 탄식들.

백은색 두 눈동자에 장난스러운 미소를 더욱 담으며 유진이 몸을 내밀었다.

"슬슬 시간도 됐으니 보러 안 갈래? 여기 홀, 최상층의 전망 테라스가 괜찮아. 거기로 나갈 수 있다는 걸 모르는 사람이 많으니까 조금 멀긴 해도 잘 보여."

"……뭘?"

"퍼레이드 말이야. 성탄 전야제 퍼레이드. 올해는 서방방면군의 제24기갑사단이니까, 최신형인 제3기 개수형 〈바나르간드〉도 볼 수 있을 거야."

"……."

한순간 대답할 말을 잃은 신의 모습에 유진이 고개를 갸웃거렸다.

"어라? 혹시 흥미 없어?"

"아니……."

오히려 눈앞의 상대가 그런 것에 관심이 있는 게 뜻밖이었다.

아무래도 아직도 의식하게 되는 백계종의 외견은 그렇다 쳐도, 전투의 치열함과는 관계없을 듯한 체격과 부드럽고 사람 좋은 표정. 집안일로 다소 거칠어지고 펜을 쥔 자국이 눈에 띄는 손은 무기 취급에도 폭력에도 익숙하지 않다.

"너야말로…… 관심 없을 줄 알고."

그렇게 말하자 유진은 부끄러운 듯이 웃었다.

"아, 난 종군할 거야. 일단 기갑과 지원. 그러니까 공부 삼아 봐둘까 하고. ……그런 의미로도 동류라고 생각했는데."

어제는 전쟁사 책꽂이, 그 앞에서 보았을 때는 제국시대의 고명한 군인들의 수기. 서로가 비슷한 책꽂이를 돌아다니니까 자주 만난다, 갈 수 없었던 학교 대신 여기서 공부한다, ……마찬가지로 특별사관학교 지망인 동료가 아닐까 하고.

그렇게 생각하며 멋대로 친밀감을 품었던 거라고 백계종 소년은 말했다. 얼마 전부터 말을 붙일 기회를 엿보고 있었다고.

"여기는 평화롭지만. 국경에선 전쟁을 하고 있고, 그건 언젠가 수도까지 올지도 몰라. 그렇게 되지 않도록…… 동생이나 이 도시를 지키기 위해서 할 수 있는 일이 있다면 하고 싶고…… 언젠가 동생에게 바다를 보여주고 싶어. 그러니까 이제 이런 전쟁은 끝내야지."

"……."

꿈속에서 들었던 카이에의 목소리가 되살아났다.

──부디 우리도 구해 줘.

지나온 전쟁터에서.

과거에 거기에 있었고, 마지막 순간까지 거기를 가겠다고 스스로 정한 전쟁터에서.

그렇게 바라는 거라면, 역시나 나는 지금 그 장소에 없는 거겠지.

이제 기억도 나지 않는 그랑 뮬의 요새벽 너머.

현실에 눈을 감은 끝에 스스로를 지킬 방법도 잃고, 정체 속에서 헛되이 썩어버린 공화국 85구.

발을 멈춘 지금── 나는 오히려 그 벽 안에 있다.

"……그렇군."

《레기온》들이 한탄하는 소리는 멎지 않는다.

멀리, 아득한 땅 끝까지 메우고 떠든다.

그 너머의 거대하고 난잡한 공화국의 시체의 목소리에 의식을 기울였다.

들리지 않는 것은―― 그중에 그녀는 아직 살아있기 때문일까.

아직―― 우리를 쫓아서 싸우고 있을까.

"……너무 오래 쉬었군."

혼잣말은 아주 희미해서 유진에게도 닿지 않았다.

"아, 신 군한테서 답신 왔어."

"어, 왜 그쪽한테?! 내가 그렇게 걸었는데!"

"으음……. 아마도 너무 걸어서 그런 것 같아……."

길 반대편을 지나가는 흥겨운 행진곡과 커다란 환성에 크레나는 윈도우 쇼핑의 발길을 멈추었다.

대로의 출구 쪽으로 시선을 돌린 순간, 양옆에 커다란 빌딩이 들어서서 네모반듯한 형태의 메인스트리트의 정경에 쇳빛 그림자가 떠올라서 무심코 긴장했다. 120mm포의 위압적인 포구, 거기서 이어지는 기다란 포신과 무뚝뚝한 포탑과 차체. 그 초중량으로 돌바닥을 깨뜨리고 쾅음을 울리며, 구동계 소리와 파워팩의 신음 소리를 내며 걷는 다리 여덟 개짜리 전차.

발소리와 구동음을 울리는 여덟 다리.

《레기온》이 아니란 것을 간신히 떠올리고 무심코 삼켰던 숨을 내뱉었다. 반사적으로 손을 주었던 어깨—— 혹시 86구의 폐허 같은 전장이었으면 어설트 라이플을 메고 있었을 장소에서 살며시 손을 되돌렸다.

"……깜짝 놀랐네."

그러고 보면 신이나 라이덴이 보던 뉴스에서 몇 차례 본 펠드레스다. 〈바나르간드〉라고 했나. 전차형과 같은 구경의 전차포에 비슷한 장갑을 가진 연방의 주력병기. 화력도 장갑도 전차형은 고사하고 근접엽병형에도 뒤지는 공화국의 〈저거노트〉와는 딴판이다.

퍼레이드일까. 흥겨운 행진곡과 함께 새롭게 장갑을 칠한 〈바나르간드〉와 번쩍이는 식전군복 차림의 연방군인들이 여러 대, 여러 명 행진했다. 메인스트리트의 양옆을 메운 군중이 저마다 흔드는 연방국기의 검정색과 적색 머리를 가진 쌍두 독수리.

〈바나르간드〉의 포탑을 잡고 선 사관과 눈이 마주쳤다. 손을 흔들기에 다소 어색하게나마 손을 흔들어주었다. 다소 연상인 그 청년 사관은 자랑스럽게 웃더니 이쪽에게 과장스러운 경례를 보내고 그대로 건물 너머로 모습을 감추었다.

이 나라도 《레기온》과 전쟁을 하는 중이고, 저 〈바나르간드〉도 《레기온》과 싸우는 병기일 텐데, 기묘하게도 평화롭고 밝은 광경이다.

흥겹고 즐거워 보이지만, 사람이 많은 곳은 아직 익숙하지 않다. 발길을 돌려서 다시 걷기 시작했다.

주어진 이 평화롭고 온화한 생활은 익숙해지면 꽤 재미있다. 처음에는 전투도 매일의 잡무도 하지 않아도 되는데 피곤하고 졸려서 큰일이었지만.

동료들도 조금씩 여기 생활의 즐거움을 찾았다. 제각기 지인이나 친구도 만든 모양이고, 크레나 자신도 휴대단말의 리스트에 여기 친구들이 늘어났다.

그렇게 지내자고 처음에 결정했다.

각자 이 나라를 보고, 각자 앞날을 정하자고. 그리고 각자의 결정은 그것이 무엇이든 존중하자고.

눈에 들어온 가게의 쇼 윈도우에 자기 모습을 비춰보았다. 잡지에서 발견한, 마음에 드는 원피스에 인조 가죽으로 테두리를 두른 케이프. 다소 굽이 높은 부츠는 아직 익숙하지 않지만 도전 중이다.

이 도시에 처음 왔을 때는 테레사나 에른스트의 비서 중에서 나이가 비슷한 사람들이 골라준 것을 입었지만, 최근에는 스스로 골라서 입고 있다. 귀엽게 보일까 싶어서 이리저리 방향을 바꿔보니, 윈도우 너머에서 가게 언니가 웃으며 엄지를 세워주었다.

기쁘다. 하지만 조금 부끄럽다. 꾸벅 고개를 숙이고 도망치듯이 걸어갔다.

좋아하는 옷을 고르고. 멋을 내고, 원하는 것을 사고 자유롭게 걸을 수 있고, 내일 죽을 것도 오늘 싸울 것도 생각하지 않아도 되다니 꿈만 같다.

……그래.

이건 꿈이다.

등 뒤의 환성이 멎었다.

드높은 군악대의 행진곡만이 엄숙한 침묵과 겨울의 아련하고 높은 하늘을 찔렀다.

저 청색 너머에는 사람들이 살 수 없는 어둠이 있다고 한다.

옛날, 그래, 저 85구의 전장에서 누군가에서 들었다. 거친 외모와 달리 천문에 밝았던, 스피어헤드 전대의 동료였던 쿠조였을지도 모르고, 처음에 배속된 전대의 여자 전대장이었을지도 모른다. 만난 지 얼마 안 됐을 무렵의 신이었을지도.

하늘의 청색은 어둠의 윗물.

하늘도, 바다도, 그 아름다운 청색은 인간에게 죽음의 세계의 표층이라고.

……그러니까 천국은 하늘 너머에 있다는 걸로 되어 있을지도 모른다.

발을 멈추고 돌아보았다.

하늘에 닿을 기세로 울리는 행진곡. 너희도 지금 이 한때를 우리와 함께 개선하는 거라고 하늘 저편에 전하려는 것처럼.

군중의 묵도, 그 안에 섞인 군복 차림의 퇴역 군인들의 경례 속에서 추모의 색채인 검은 천을 건 〈바나르간드〉가 묵묵히 나아갔다.

포탑 정면에 걸린 숫자는 작년 퍼레이드 이후 올해까지의 전사자와 전투 중 행방불명자의 숫자다. 현기증이 일 정도의 숫자. 각자에게 이름이 있고 인생이 있는 인간이었을 터인 숫자.

과거의 자신들과 같은, 말하자면 동료들이 그 숫자보다 더 많이 지금도 전장에서 싸우고 있다.

즐겁긴 하지만. 하지만 역시 이 생활은 우리에게 한때의 꿈이다.

꿈은 언젠가 깨는 법이다.

†

"나 왔어…….."

아르바이트에서 돌아왔는데 저택 홀에 불이 꺼져 있어서 라이덴은 눈을 껌뻑였다. 평소라면 귀가할 무렵이면 테레사가 현관 앞과 홀의 불을 켜놓는데.

아이가 돌아오는 집은 밝아야만 한다면서.

홀에서 바로 이어진 거실에는 불이 켜져 있고, 커다란 소파에 프레데리카가 혼자 곰 인형을 껴안고 조용히 앉아 있었다.

이전에 쇼핑을 가고 싶다고 조르기에 데려갔던 백화점에서 신이 변덕을 부려 사준 것이다.

프레데리카는 혼자서 외출하지 않는다. 학교에도 다니지 않는 모양이다.

"돌아왔느냐."

"음, 지금 왔어. ……다른 사람들은 아직이야? 테레사는 어디 갔어?"

"장을 보러 나가서 아직 돌아오지 않았다. 무슨 일이라도 있었을까."

다소 걱정스럽게 탄식했다.

그때 꾸르르 하고 큰 소리가 났다.

라이덴은 무심코 소리의 출처인 프레데리카를 내려다보았다.

프레데리카는 새빨개져서 인형을 더 껴안고…… 결국 기어들어가는 소리로 항변했다.

"라이덴…… 배가 고프다."

"음? ……어어……."

벽걸이 시계를 보니 평소라면 슬슬 저녁을 먹을 시간이다. 전투나 야습 등으로 식사 시간도 건성인 생활에 익숙해진 자신들은 몰라도 어린애인 프레데리카에게는 힘들겠지.

"잠깐 있어 봐."

라이덴은 짐을 내려놓고 안쪽의 부엌으로 향했다.

벽 안쪽도 바깥쪽도 기본적으로 합성 식료품으로 버틸 수밖에 없었던 공화국과 달리 연방에서는 밭이나 목장 등에서 얻는 식재료가 어느 정도 유통됐다.

냉장고의 식재료에서 간단히 만들 수 있는 것을 생각하고, 씻어서 자르고 섞어서 프라이팬에 볶았다. 일단 프레데리카의 입을 만족시키면 되고, 그동안에 테레사가 돌아오면 함께 반찬으로 삼으면 된다.

프레데리카는 마치 마법사를 보는 얼굴로 눈을 반짝거렸다.

"그대, 요리를 할 줄 알았나!"

"뭐, 못 하지는 않는다는 정도로."

뭐든지 스스로 할 수밖에 없는 전장에서 생활하면 싫어도 익히게 된다.

……보통은.

"다음에 또 이런 일이 있을 때 신밖에 없거든, 배고프니까 뭐 좀 사 오라고 말해. 실수로도 만들어달라고 하면 안 돼."

프레데리카는 묘하게 기뻐하는 얼굴이 됐다.

"뭐냐. 신에이는 요리를 못 하나?"

그러고 보면 어른도 못하는 게 있다고 아는 것이 괜히 기뻤던 시절이 자기에게도 있었다. 왠지 아주 오래된 듯한 어렸을 적의 기억을 떠올리면서 라이덴은 어깨를 으쓱였다.

"못하는 건 아니지만. 좀 엉망이야."

예를 들어서 양념이 불균형하다든가 달걀 껍데기가 섞인다든가 수프를 너무 끓인다든가.

못 먹을 건 아니지만 맛이 별로고 본인에게 개선할 마음이 전혀 없으니 어느 전대에서도 신은 최대한 요리 담당에서 뺐다. 왠인지 식칼만큼은 잘 다뤄서, 양파를 눈물 없이 썬다는 정체 모를 필살기를 습득하기도 했지만, 그것도 연방에 온 뒤로는 푸드프로세서로 대용할 수 있기 때문에 쓸모없는 특기라고 밝혀졌다.

전투와 그 지휘로 극도의 집중이 필요한 만큼 그 이외의 일에 주의력이 산만해지는 거라고 보고 관대하게 넘겼는데, 지금 생활에서도 큰 차이가 없는 걸 보면 그냥 단순히 건성일 뿐인 모양이다.

"그렇군. 형을 없애는 일에 모든 것을 바친 그자답구나. ……아니, 라이덴, 그것은 무엇이냐?"

"…………너, 날달걀 처음 봐?"

참고로 한 손으로 달걀을 깨서 보울에 넣은 참이었다.

마지막 핸들러도 제법 좋은 집 아가씨였던 모양인데, 아무리 그래도 달걀은 알았다. 어떻게 깨는지도 아는가는 다소 미심쩍지만.

"음. 테레사는 부엌은 메이드의 영토라면서 들이지 않으니까. 그런 케이스에 담아서 파는 것이었나……. 가열하면 굳는가?"

"케이스가 아니라 껍질이야. ……대체 얼마나 바깥세상을 모르고 자란 거야?"

"그건 말이다."

말하려다가 프레데리카는 입을 다물었다.

그 모습을 보고, 대답할 수 없는 거겠니 생각하며 라이덴은 눈을 가늘게 떴다.

어렴풋이 눈치채고 있었다. 동료들도 그렇겠지. 그게 무슨 상관이냐고 생각하니까 더 알려고 들지 않지만.

"그런데 넌 지금……."

거실문이 살짝 삐걱대더니 잠시 뒤 소리도 없이 신이 들어왔다.

"……프레데리카는 요리를 좀 거드는 편이 좋겠군."

프레데리카가 깜짝 놀라고 라이덴은 태연히 시선을 주었다. 발소리를 내지 않고 걷는 신의 버릇에는 4년 가까이 함께 지내면서 완전히 익숙해졌다.

"너한테 그런 소리를 듣다니 끝장이군. 어서 와……. 짐이 많은데?"

나갈 때는 근처를 산책하는 정도의 가벼운 모습이었는데, 지금은 뭔가 묵직한 장바구니를 들고 있었다.

　이어서 줄줄이 들어온 앙쥬, 세오, 테레사도 마찬가지로 커다란 종이봉투나 보냉 팩 등을 껴안고 있어서 라이덴은 한쪽 눈썹을 치켜들었다.

　"……무슨 사태가 난 거야?"

　"테레사 씨가 장 보러 나갔다가 가게에서 차가 망가졌다고. 이미 장을 다 본 뒤였으니까 짐이 많아서 난처한 참에 마침 나랑 마주쳐서."

　"그리고 앙쥬만으로는 어떻게 안 되니까 나를 찾고, 내가 신에게 연락을 넣고."

　말하면서 커다란 보냉 팩을 내려놓은 신은 설레설레 고개를 내저으며 어깨를 풀었다.

　"그보다 테레사, 다음부터 이런 걸 사러 갈 때면 나든 신이든 좋으니까 말을 해. 어차피 한가하고 짐꾼 노릇 정도는 할 테니까."

　"모시는 집의 도련님들께 짐꾼 노릇을 시키는 메이드는 없습니다."

　"네가 모시는 건 우리가 아니잖아. 그 재미있는 아저씨잖아."

　"똑같습니다."

　"아니, 아니거든. 그 인간은 딱히 아버지도 아니니까."

　에른스트가 이 자리에 있었으면 꺼이꺼이 울 만한 소리를 떠들고 있었더니, 마지막으로 크레나가 돌아왔다.

　"아."

거실 입구에서 왜인지 멈춰 섰다. 전원의 시선이 모였기 때문일지도 모르고, 다섯 명이 다 있으면 말하려고 생각했더니 뜻하지 않게 다들 있었기 때문일지도 모른다.

"어서 와, 크레나."

"어, 응. 나 왔어. ……저기."

불안하게 시선이 흔들리다가 똑바로 바라보았다. 고양이 같은 금빛 눈.

결의를 담아서 단단하게, 살짝 불안을 드리우고 낮게 빛났다.

라이덴이 살짝 숨을 삼켰다.

그래, 이 녀석도 결심했나.

멈춰선 크레나를 핏빛 눈동자가 조용히 바라보았다.

그 조용함과 냉철함이 살짝 풀어졌다.

"이제 됐어?"

그 목소리와 말에 떠밀려서 크레나는 끄덕였다.

"응. 봐야만 하는 건 다 본 것 같아."

신은 아마 처음부터 그렇게 결심했다. 다른 이들이 선택하는 것을 기다리며 잠자코 있었다.

하지만 분명 그건 다들 마찬가지다.

그러니까 말했다.

그렇게 말할 수 있는 자랑스러움에 미소가 자연스럽게 나왔다.

"돌아가자. 우리가 있어야 할 곳으로."

†

간신히 일을 마무리 짓고 오래간만에 사저로 돌아오니 소년들의 이야기 소리가 들렸다. 연방에서의 생활에도 완전히 적응한 모양이다 싶어서 에른스트는 안도했다.

강제수용소에 보내진 것이 초등학교 입학 전후의 나이였던 것도 다행이었겠지. 보통 가정이라면 물건 사는 법이나 공공장소에서의 행동요령 등 최소한의 경제 구조나 사회상식을 가르쳤을 나이다.

신과 라이덴은 좋은 비호자를 만났던 것인지 그 처지에 비해 좋은 레벨의 교육을 받았다. 세오와 앙쥬, 크레나는 그러지 못했던 모양이지만, 그래도 저 결함병기의 매뉴얼을 읽고 탄도 계산을 할 수 있는 만큼 연방의 대다수 시민보다는 낫다.

고등교육을 일부가 독점했던 제정, 군사독재가 오랫동안 이어진 연방에서는, 특히나 속령에는 학교에 간 적 없는 아이도, 자기 이름도 못 쓰는 자도 아직 많다. 정식 선거가 실시될 때까지의 잠정적 지위에 있을 터인 에른스트의 임기가 10년째에 돌입하는 것도 이 때문이다.

눈이 돌 정도로 바쁜 집무 짬짬이 모아오게 한 고등학교나 전문학교의 자료를 이것저것 비교하는 게 즐거웠다.

신은 배우는 것을 좋아하는 아이인 모양이니까, 조금 레벨이 높은 학교에 가게 하자. 라이덴은 아무래도 기계를 만지는 걸 좋아하는 모양이니까, 전문적인 기술을 배울 수 있는 곳이 좋을까. 세오는. 앙쥬는. 크레나는. 각자의 개성을 생각하며 진로를 생각해 보는 게 즐거웠다.

태어날 수 없었던 '그녀'의 아이에게는 해 주지 못한 일이니까.

이대로 평범한 아이로 돌아가면 된다.

학교에 가고. 친구와 웃고. 고민거리라고 해야 장래든, 연애든, 주말에 어디에 놀러 갈까 하는 것이든, 그런 별것 아닌 것뿐. 그렇게 지낼 수 없었던 어린 시절을 지금부터라도 수정하면 된다.

그렇게 해 줄 힘이 자신에게는 있다. 편애라고 하자면 할 말이 없지만, 이 정도는 부수입이겠지. 자기 수중에 온 아이를 행복하게 해 주는 정도는 허락될 것이다.

다만 한 가지 마음에 걸리는 게 있었다.

각자에게 방을 마련해 주고 다소 유복한 가정이 동년배의 아이에게 주는 정도의 용돈도 주는데, 그 방에 물건이 늘어나질 않는다. 필요 최소한의 물건만큼은 사는 모양인데, 아무리 기다려도 그 이상 늘어나질 않는다.

자기 몸 하나와 동료 이외에 바라는 것도 가지는 것도 허락되지 않았던 아이들이다.

지금부터라도 원하는 것을 고르고, 손에 넣고, 소중히 여기는 기쁨을 얻으면 된다고 생각하는데…….

그래, 그렇게 생각했으니까.

오래간만에 귀가한 사저에서. 오래간만에 얼굴을 맞댄 다섯 명에게 다시금 앞날에 대해 묻고. 다섯 명 전원이 종군을── 도망쳤을 터인 전장에 다시금 돌아가는 것을 선택한 것에, 에른스트는 준비했던 자료를 죄다 떨어뜨렸다.

"아니, 어째서지?!"

무심코 소리친 에른스트를 소년들은 오히려 의아하게 바라보았다. 그런 표정을 솔직히 보여줄 정도로 마음을 허락했다는 것을 기뻐할 여유는 지금의 에른스트에게 없었다.

"어째서, 라니?"

"그보다 처음부터 말했잖아. 선택하게 해 준다면 입대하겠다고."

"그건……."

들었다. 청취관에게서 보고를 받았고, 이 저택에 처음 왔을 때 그들 자신에게서도 들었다.

모르니까 종군을 바란다고 생각했다.

평화를. 평온을. 에이티식스 같은 멸칭으로 불리는 일도 없고, 미래를 꿈꾸는 것을 포기하지 않아도 되는, 그렇게 정상적인 인간 대접을 받는 삶을.

알고서. 그러면서도……?

라이덴이 조용히 웃었다.

여기에 왔을 때보다 꽤나 평온해진 얼굴로 웃게 됐다…… 그래, 그렇게 생각했는데.

"처음에 의심했던 건 미안해. ……여기는 좋은 곳이야. 그러니까 너무 오래 머물렀어."

"이제 충분히 쉬었으니까. 또 전진하고 싶어."

"그러니까 돌아갈래. 우리가 있어야 할 장소로."

전장에.

에른스트는 천천히 고개를 내저었다. 전진한다는 바람과 '그러니까' 전장으로 돌아간다는 선택이 그의 안에서는 도저히 이어지지 않았다.

"그렇다고 해서…… 왜 또 전장에……."

그야말로 필사적인 마음으로 싸우고, 살아남아서. 간신히 도망쳤는데——.

자기 일처럼 당황하는 에른스트를 신은 똑바로 바라보았다.

여기에 처음 왔을 때부터 그럴 생각이었다.

마음을 정했다, 정도가 아니다. 그들에게는 그러는 것이 지극히 자연스럽고 당연한 일이다. 다만 그 기회와 시간을 준다고 하기에 그 말대로 다시금 확인해볼까—— 자신들의 모습을 재확인해도 되겠지 라고 생각했을 뿐이다.

처음부터 여기에 익숙해질 생각은 없었다.

이 도시에서 발을 멈출 생각도.

주어진 한 달의 유예기간은, 《레기온》과의 끝없는 투쟁 속에 잠시 주어졌을 뿐인 이 평온이 역시 자신들이 있을 장소가 아니라고 확신하기 위한 것.

너무나도 오래 격리됐기에, 그리움을 느끼기보다도 그저 멀게만 느껴진다.

하지만 분명히 나쁘지 않다고 생각한 평화로운 삶에——마음은 역시나 움직이지 않고.

하지만 그 기회와 시간, 아무런 인연도 없는데 지금도 이렇게 자기 일처럼 당황할 만큼 정을 주는 상대에게는 이 정도라면 대답해야 한다고 생각했으니까.

"우리는 그저 운이 좋았을 뿐입니다."

모든 《레기온》의 목소리를 듣고 그 위치를 아는 능력이 자신에게는 있었다.

공화국에서는 도무지 그 일에 어울리지 않는 마지막 핸들러가 공화국 쪽의 초계선을 넘을 수 있도록 도와주었다.

그리고 전선 끝자락에서 힘이 다했을 때—— 아마도 형이 손을 빌려주었다.

연방까지 도달한 것은 그런 행운이 자신들에게 있었기 때문이고, 죽은 동료들에는 그게 없었다.

그들과 자신들을 나누는 것은 그저 그것뿐.

"우연히 도움을 받았을 뿐인데, 그걸 핑계로 이대로 발을 멈추면 싸우다 죽은 그 녀석들을 볼 낯이 없습니다. 아직 우리는 죽지 않았습니다. ……아직 끝까지 싸우지 않았습니다."

함께 싸우다 먼저 간 전우들의 이름을 새긴 플레이트는 파이드에게 두고 왔고, 그것은 파이드에게 주는 선물로 삼았다. 여기까지 도달했다는 증거를 남기고 싶었던 것도 있다. 하지만 끝까지 데려가겠다고 약속한 그들까지 두고 갈 생각은 없다.

아직 전원을 기억하고 있다. 지금도 그들은 함께 있다.

데려간다고── 끝까지 싸우는 그 마지막 순간까지 데려간다고 약속했다.

"《레기온》은 아직 남아 있고, 싸우지 않으면 이 나라도 살아남을 수 없다. 그렇다면 그 사실에서 눈을 돌리고 평화로운 척 살아가는 건── 살아있는 척하면서 누군가가 목매달아주길 기다리는 건 우리로선 불가능합니다."

그것이야말로 그들이 가장 싫어하고, 스스로 그러는 것을 결코 용서할 수 없는, 하얀 돼지와 그들이 경멸해 마지않는 산마그놀리아 공화국의 방식이다.

전장 한가운데에서 싸움에서 도망치고 거짓 평화에 갇혀서 《레기온》과의 모든 전투를 에이티식스에게 떠넘긴 끝에 스스로를 지키는 방법조차 잊은, 인간이기 이전에 생물로서도 틀려먹은 공화국의 방식.

특별정찰──《레기온》 지배영역을 답파하는 결사행 도중에 《레기온》들의 전력은 얼마든지 목격했다.

어쩔 수 없이 망령의 한탄을 항상 듣는 신에게는 기계망령들의 군대의, 숫자를 불리며 계속 커지는 무수한 술렁거림이 지금 이 순간에도 들려온다.

공화국은 한 줌 거리도 안 된다.

어쩌면 인류 그 자체도 삼켜버리겠지.

그들은 그 위협을 보면서 지금 눈을 돌릴 수 없다.

그들은 에이티식스.

그것이 적에게 둘러싸인 전장이라면 목숨이 닿는 한 전장에서 싸우는 것이, 자기 몸 하나를 믿고 최선을 다해 살아남는 것이 그들의 긍지이며 아이덴티티다.

조국에게 버림받고 가족을 빼앗기고 자기 이외의 무엇 하나 없는 그들에게 남겨진 유일한 것.

"설령 죽는다는 사실에 변함이 없더라도, 죽는 방식은 택할 수 있습니다. 언젠가 죽을 거면 그 마지막까지 싸우다 가는 것이 우리가 선택한 방법입니다. 그것을——빼앗지 말아 주시겠습니까."

그 말까지 듣고 라이덴은 입가를 쓰윽 올렸다.

마지막 핸들러에게 신이 마지막 순간에 남긴 말.

"게다가…… 먼저 가겠다고 말해놓고서 혹시라도 추월당하면 꼴사납지."

신은 그 야유에 답하지 않았다.

하지만 에른스트는 그 말에 고개를 내저었다.

"그건 아니야. 그건 아니야……!"

에른스트도 전쟁을 모르는 건 아니다.

과거에 제국에서 일개 사관으로 군에 있었고, 또한 시민혁명에서는 그 지휘관으로서 선두에 서서 지휘했다. 많은 이가 죽었고 많은 이를 죽였다. 그 가운데에서 똑같은 상처를 품은 자도 많이 있었다.

전우들은 훌륭히 싸우다 죽었는데 나만 살아남았다고. 그런데 나만 행복해져선 안 된다면서, 느낄 필요도 없는 죄악감에 몸부림치며 한탄하는 퇴역 병사들을 몇 명이나 보았다.

　그렇지 않다.

　"너희는 끝까지 싸웠으니까 여기까지 도달했고, 그러니까 그 결과는 누려도 돼. 너희의 죽은 동료들도, 동료라면 그걸 바랄 거야. ……부정적으로 느낄 것이 아니야!"

　살아남은 것을.

　평온을── 행복을 얻은 것을.

　그러지 않으면, 인간은. 결코 자기 과거에서 도망칠 수 없는 인간은 뭔가를 희생하지 않으면 영원히 행복해질 수 없게 된다……!

　하지만 다섯 명의 표정은 전혀 변하지 않았다. 이해는 하는 걸지도 모르지만, 전혀 마음에 울리지 않는다. 정체 모를 초조함에 사로잡힌 채로 에른스트는 계속해서 말을 이으려고 했다.

　여태까지 침묵하던 프레데리카가 조용히 말했다.

　"그만해라, 에른스트."

　허를 찔려서 에른스트는 프레데리카를 내려다보았다.

　올려보는 딱딱하고 엄한 핏빛 눈동자.

　"상처 입은 새에게 편안하고 안전한 둥지를 준비해 주는 것은 다정함이지. ……허나 상처가 아물어서 떠나려는데 밖은 위험하다고 허락하지 않으면 그것은 감옥이다. 간신히 박해의 감옥에서 도망쳐 온 그자들을 이번에는 처량함의 감옥에 가둘 생각이냐."

　잠시 엷은 색조의 입술을 다물더니 토해내듯이 덧붙였다.

사로잡힌 맹수가 감옥 안에서 바깥의 인간에게 보내는 것과 비슷한, 어딘가 상처 입은 시선으로.

"그것이 공화국이란 놈들이 한 짓과 결국 똑같다는 것을 설마 모르는 거냐?"

에른스트는 말문이 막혔다.

"애초에 그자들은 아무것도 모르는 철부지 아이가 아니다. 아이는 반드시 부모 밑을 떠나는 법. 대리 부모 행세를 할 거라면 더더욱…… 가겠다고 원한다면 보내주는 게 좋다."

에른스트는 자기 나이의 절반도 못 되는 어린 소녀의 말에 침묵했다.

생각도 하지 않았던, 그리고 나이에 어울리지 않는 말에 신은 프레데리카를 내려다본 채로 말했다.

"고맙다고 해야 할까, 폐하?"

"저기 있는 돌대가리에게 하고 싶은 말을 했을 뿐이다. 나 나름대로의 생각이 있기도 했으니, 그런 말을 들을 것도 없다."

흥 소리를 내더니 슬쩍 이쪽으로 시선을 보냈다.

"……알아차리고 있었나?"

"어렴풋하게."

나이에 어울리지 않는 오만불손한 말, 행동거지. 잠정이라고 해도 대통령 에른스트의 비호 밑에 있으면서 학교에도 가지 않고, 혼자 외출하는 일도 없다. 존재 그 자체가 숨겨진 듯한 그 대접.

더불어서.

"발음이 어딘가에서 들은 듯했는데, 얼마 전에 간신히 깨달았어. ……어머니랑 똑같아."

이젠 그 정도밖에 떠올릴 수 없는, 전화와 망령의 한탄으로 덧칠되어서 얼굴도 목소리도 흐릿한 양친과.

"그러고 보면 그대의 양친은 제국 귀족 출신이었지. ……찾아보면 아직 친척도 있을 텐데, 만나 보려고 하지 않는 것은 그리 칭찬할 만한 일이 아닌데."

의아한 마음으로 시선을 주니, 같은 색채의 붉은 눈동자가 의외로 진지하게 올려다보고 있었다.

"조국에 버림받고, 혈족을 빼앗기고, 나라의 역사도 민족의 문화도 잇지 못한 그대들에게, 자기 형태를 지키려면 긍지밖에 없다는 것을 잘 알겠다. ……허나 그건 인간으로서 망가진 삶이다. 인간은 토지와 혈연으로 빚어진 것. 그 모든 것을 잃고, 그저 자기 자신만이 자신을 규정하는 영혼은 자신을 잃으면 쉽사리 무너진다. ……그것을 명심해 두어라."

"……"

기묘하게 진지하게 다가오는 말이었다.

간신히 열 살이나 된 아이가 했다고 생각할 수 없는 말.

그 말처럼 누군가의 파멸을 목격한 듯한. 그것을 그녀 나름대로 오랜 시간 동안 계속해서 답을 찾아온 듯한.

기시감이 뇌리를 스쳤다.

올려다보는 같은 색의 핏빛 눈동자.

살짝 흔들리고 한 차례 굳게 닫혔다가, 부자연스러울 정도로 결연하게 찌릿 올려다본다.

"나의 진짜 이름은 아우구스타 프레데리카 아델아들러. 《레기온》에 호령해 대륙 전체를 침략하기 시작한 기아데 제국의 마지막 여제다. ……그대들의 친형제, 고향을 빼앗은 사람이 나다. 욕하겠다면 들어주지."

라이덴이 조용히 입을 열었다.

"너 그때 몇 살이었어?"

《레기온》의 침략이 시작된 것은 10년 전이다. 올해 열 살인 프레데리카는 그때 아직 갓난아기에 불과했다.

제국의 마지막 200년 동안 황실은 대귀족들의 독재정권의 괴뢰로 변했다고 들었는데.

"우리에게서 모든 것을 빼앗은 것은 공화국이야. 그걸 이제 와서 그르치는 짓을 하겠냐. ……사람 얕보지 마."

"미안하다."

소녀는 부끄러워하듯이 고개 숙였다.

이어서 몸을 떨더니 다시금 올려다보았다.

"그 긍지를 보아서 그대들 에이티식스에게 부탁이 있다. ……전장으로 돌아갈 거면 나도 데려가거라. 그리고 지금 전장을 떠도는 내 기사의 망령을 없애는 걸 돕게 해다오."

그것이 뭘 의미하는지는 설명할 것도 없이 알았다.

전사한 동료의 묘를 만드는 것도 유해의 회수마저도 금지되고, 때로는 눈앞에 동료의 사체가 끌려가는 것을 속절없이 지켜볼 수밖에 없었던 에이티식스인 그들이기에.

"《레기온》에 붙들려 있는 건가."

프레데리카는 살짝 끄덕였다.

"연방에 도달하기 직전, 그대를 공격한 《레기온》이다. 싸움 도중에 포격한…… 그대는 〈양치기〉라고 불렀나."

"왜 그거라고 알지?"

기체 안에 갇힌 망령의 한탄으로 개체를 특정하는 것은 신에게 그 능력이 있기 때문이다. 지각동조의 이론조차 없는 연방에서, 하물며 전선과 아득히 떨어진 연방 수도에 있으면서 지배영역 안쪽에 있고 본 적도 없을 터인 《레기온》을 자기 기사라고 어떻게 단언할 수 있을까.

그 질문에 프레데리카는 고통을 참는 얼굴을 했다.

"지인의 현재와 과거를 엿보는 것이 내가 물려받은 피의 힘이니까. ……미안하다. 형이 입힌 상처, ……아팠겠지."

——그대, 목에 무슨 상처가 있나?

그때 프레데리카는 이미 모든 것을 보았겠지.

형에게 죽을 뻔한 과거도.

그 형의 망령이 깃든 중전차형을 없앤 순간도.

어떻게든 해내겠다고 결심했던, 비슷한 나이 때의 일도——.

"나는 볼 수밖에 없다. 전장 끝에서 통곡하는 나의 기사를, 나 혼자서는 구해줄 수 없다. 그러니까 제발 손을 빌려다오. 그대가 구하고, 그대를 구한 형처럼, ……내 기사도 구해다오."

신은 천천히 눈을 감았다.

계속 느껴온 기시감의 정체를 간신히 깨달았다.

정말로 비슷할 때였다.

아득히 먼 전장 구석에서 전사하고 떠도는 형을 없애겠다고 결심한 때는.

"──그래."

에른스트가 깊이 숨을 내뱉었다.

"……알았다. 프레데리카도 마스코트로 같은 부대에 배속되도록 손을 쓰지. ……다만 너희에게는 한 가지 조건이 있다."

찬물을 끼얹는 듯한 말이었다. 나무라는 듯한, 혹은 무관심하게 모이는 시선에도 에른스트는 눈을 돌리지 않았다.

"사관으로 입대할 것. 구체적으로는 연방에는 특별사관학교란 제도가 있으니까 거기를 경유해서 입대할 것. 안 그러면 인정하지 않겠다."

중등교육 수료 정도의 조건은 몇 명이 모자라긴 하지만 어떻게든 되겠지. 애초에 그리 엄격하게 적용되는 조건도 아니다. 그 정도로 연방의 전황은 예단을 허용하지 않는다.

크레나가 의아한 눈치로 눈을 가늘게 떴다.

"음? 왜 그런 걸? 계급이나 어디로 들어갈지는 관계없잖아."

"안 돼. 나는 말하자면 너희의 부모님에게서 너희를 맡은 입장이다. 부모라면 그러라고 말할 것을 내 마음대로 생략할 수 없다."

"그런 건 어떻게 안다고."

"안다. ……나도 아버지였으니까."

자식의 행복을 진심으로 바라는…… 그런 생물이었으니까.

"병사 출신과 사관 출신은 선택지의 폭이 다르지. 이 전쟁이 끝났을 때 고를 수 있는 길이 최대한 많은 편이 좋아."

전쟁이 끝났을 때.

그 말에 소년들은 허를 찔린 얼굴이 됐다.

철이 들었을 무렵에 《레기온》과의 전쟁이 시작되고, 그 광기에 희롱당하고 지배당하면서 여태까지 살아남은 아이들이다.

생각해 본 적도 없다는 얼굴이었다.

잔혹한 말을 하는 거라고 에른스트는 생각했다.

전장에 있던 4년, 5년. 어쩌면 더 이전, 전장에 나간 가족이 두 번 다시 돌아오지 않는다고 알았을 때부터. 그만큼의 시간을 들여서 다진 각오다. 돌아오지 않는 부모를 기다리고, 옆에서 죽어간 동료를 보고, 혹은 자기도 내일은, 내일이 아니더라도 운명으로 정해진 그날에——반드시 죽는다고.

그렇다면 하다못해 인간으로 살다 죽고 싶다고.

그 각오를 다하고 죽을 터였던 아이들에게 살라고 말하고 있다. 이번에는 언제 죽을지도 알 수 없는, 길고 긴 시간을 살라고. 찰나의 시간을 달리다가 스러지는 삶밖에 모르는 그들에게——정반대의 삶을 다하라고.

그 잔혹함을 그들은 아직 모른다.

"이 전쟁도 언젠가 끝난다. 끝까지 싸우고 살아남는다면……그렇게 됐을 때 어떻게 할지도 앞으로 생각해야만 해."

제4장 쌍두 독수리의 깃발 아래에

제177기갑사단 사령부 기지의 대회의실은 홀로스크린의 희미한 빛만이 소극장 정도의 실내와 거기 모인 예하 부대 지휘관들의 표정을 비출 만큼 어두웠다.

경합지역 심층부에서 《레기온》 지배영역에 이르기까지 방전교란형의 전파방해가 항상 전개되어서 전혀 관측할 수 없는 것은 연방도 마찬가지지만, 그렇다고 적의 정보를 수집하는 임무를 내던질 만큼 연방 군인은 무능하지 않다. 긁어모은 정보의 파편에서도 알 수 있는 것은 있다.

통신량의 증감. 자주정찰기가 포착한 음문과 그 숫자, 이동방향. 위험을 감수하고 경합지역 깊숙이까지 진출시킨 정찰부대의 보고.

"──이상의 분석결과에서 역시 《레기온》이 조만간 대규모 공세에 나설 가능성이 높다는 것인 통합분석실의 판단입니다."

회의실 안쪽, 가죽 의자에 앉은 제177사단 사령부의 소장은 그 보고에 탄식했다.

"예측됐던 일이다. 하지만── 드디어 왔나."

각 전선의 돌파를 기도하는 대규모 공세가 언젠가 있으리란 사실은.

고요해진 어둠 속에서 갑자기 스르륵 일어서는 그림자가 있었다.

젊은 여성 사관이다. 아주 짧게 친 금발과 보라색 눈동자, 우아하게 칠한 붉은 입술.

사관을 포함한 전사자가 연이으면서 야전임관이 거듭되는 연방군에서도 이 나이에는 좀처럼 없는 중령 계급장을 옷깃에 빛내고 왼팔에 찬 연구부 완장과 가슴의 파일럿 기장.

"뭐지, 벤체르 중령?"

"소장 각하. 대규모 공세에 대비하여 제177사단의 각 부대도 재편제되겠죠. 이 기회에 꼭 제 부대를 돌려주십시오."

별로 호의적이지 않은 속삭임이 대회의실에 가득해졌다.

바늘 같은 적의를 태연히 흘리고 미소마저 지으며 일어서는 미인을 바라보며 소장은 살짝 탄식했다.

"〈레긴레이브〉는 아직 시험 중이다. 단독운용에 버틸 수 있는지 미지수인 이상, 여태까지처럼 〈바나르간드〉와의 혼성운용이 타당하겠지."

"외람된 말입니다만, 각하. 노르트리히트 전대의 총격파 수는 제177사단은 물론이고 제8군단 전체를 봐도 최고 수준입니다. 단독운용으로 이행하기에 충분한 전과가 아닐까 합니다."

"동시에 소모율도 지극히 높은데. ……배치 후 첫 실전에서 전대의 절반을 전사시키는 펠드레스는 역시 신용하기 어렵다."

"선발이라고 생각해 주십시오. 그 이후의 소모율은 지극히 낮습니다."

회의실 어딘가에서 목소리가 날아들었다.

"에이티식스들의 경험에 기대는 주제에 말은 잘하는군. ……만회하느라 정신 나간 죽음의 상인이 그런 불쌍한 애들을 다시금 전장에 보내려고 하다니."

야유라고 하기엔 다소 의분의 기색이 짙은 그 목소리에 미인의 표정이 바로 얼어붙었다.

두 눈동자를 일렁이며 어떤 감정을 삼키고 다시금 입을 열었다.

"──우리 XM2 〈레긴레이브〉는 기동력에서 《레기온》마저 웃돌고 전투능력에 대해서도 전술에 따라선 결코 손색이 없습니다. ……《레기온》의 병력이 우리를 웃도는 대규모 공세에 대비하려면 현행 집단전술만으로는 부족합니다. 일부러 전술의 기본에서 벗어난 소수 정예를 통한 전투도 필요하지 않겠습니까?"

그 말을 끝낸 미인은 아름답게 미소 지었다.

아름다운 보라색 눈동자는 그저 똑바로 소장을 바라보고 있었다.

그 눈빛을 맞받으며 소장은 눈을 가늘게 떴다.

육군 대학의 나이 어린 동기였던 이 여자가 지금 무슨 생각을 하는지는 말하지 않아도 안다.

됐으니까 얼른 승인하라고, 방귀벌레, 란 말이냐, 이 거미.

"우리 연방과 인민의 안녕을 위해. 〈레긴레이브〉와 노르트리히트 전대의 올바른 운용을 꼭 검토해 주십시오, 소장 각하."

†

한때 제2방어선까지 공격했던 《레기온》은 연방군의 반격으로 어제 밤중에 물러났다.

"──그건 좋은데, 우리의 이 대접은 어떻게 안 되나⋯⋯. 구원 요청은 자기네 멋대로 보내고, 일이 끝나면 격납고나 창고라니. 우리가 무슨 개야?"

"애초에 임시 구원 요청이었으니까, 각 기지에 수용할 준비가 되지 않았을 뿐이라고 생각하는데."

임시 숙소로 제공된 FOB13의 예비 격납고 구석. 대기 상태인 〈저거노트〉의 옆에서 캔버스로 만든 간이침대에 누워 투덜대는 라이덴에게 마찬가지로 간이침대를 의자 삼아 앉은 신은 담담하게 대답했다.

군대에서의 이른 아침. 격납고 밖에서는 이 전진기지의 시설 요원이 움직이는 분주함과 기상한 수천 명의 전투 요원의 소음이 울리기 시작했지만, 애초에 이 기지 소속도 아닌 그들로서는 할 일이 없다.

본래 후방의 사단 사령부에 본거지를 둔 노르트리히트 전대이지만, 기동방어요원으로 달려온 지금은 전선에 본거지가 없기 때문에 다소 변칙적인 대접을 받는다.

구체적으로는 구원 요청을 보낸 전진기지가 그 이후의 보급과 숙영 책임을 지고, 다음 요청이 있을 때까지 그 기지를 거점으로 행동하는 것이다. 요청이 전대 단위가 아니라 소대 단위로 발생하기 때문에 같은 전대임에도 불구하고 여러 기지에 뿔뿔이 흩어진다는 상황이 배치 이후 여태까지 계속됐다.

다행이라고 할까, 각 전진기지는 전투 결과에 따라서 소속 외의 병력을 잠시 받아들이는 일도 많아서, 간이침대 등의 최소한의 침구류나 식사 배급에 부족함은 없지만.

　일단 이 기지에서 비어 있는 거주구역의 방을 쓸 수 있도록 준비해 주었기에, 프레데리카를 포함한 여자 대원들에게 나눠주기도 했다.

　"〈레긴레이브〉는 결국 시험 운용이고 일시적인 배치라는 인식일 테니까, 개선할 생각이 없는 걸지도 모르겠군. 그런 여유도 없겠고."

　"어제도 꽤나 당했으니까. ……네 예측으로는 슬슬 올 때일까."

　힐끗 시선을 돌리자 어깨를 으쓱였다.

　그 능력을 준 형을 없애고 형이 승화되는 것을 봤음에도 아직 남아 있는 그 힘이 알려주는, 망령의 군대의 숫자와 정세.

　이미 슬슬 올 때라는 미적지근한 상태가 아니다.

　"정확하게는 언제 와도 이상하지 않다, 일까. ……한참 전부터 계속 그랬지."

　아침 기지의 소음은 망령들의 술렁거림에 지워져서 지금 신에게는 다소 멀게 느껴졌다.

　"――우리 전대는 결국 두 명 당했습니다. 제2소대의 파비오와 비아타. 죽을 만한 상황이 아니었는데, 근접엽병형들 사이에 고립된 보병부대 중에 오래된 지인이 있다면서 도우러 가서."

거주구역의 복도는 다소 삐걱거린다.

전선에 본거지가 없는 노르트리히트 전대는 당연히 전대장이나 그 부관이 쓰는 집무실에 해당되는 것도 없다. 그러니 본래 집무실에서 해야 할 보고를 신보다 반 걸음 뒤를 걸으면서 베르노르트가 담담히 진행했다.

"이걸로 우리 부대는 20명 이하가 됐습니다. 보충 요구는 일단 냈습니다만, 정규 기갑부대도 상당히 당했으니까 우리에게 나눠주지 않겠죠. 우리는 결국 연구부에서 파견된 용병 집단이고, ……더 말하자면 상층부는 군부에서도 연구부에서도 튕겨난 괴짜니까요."

1028시험부대 부대장, 그레테 벤체르 중령.

착임 때 본 정도고, 직접 이야기를 나눈 적은 없지만.

"뭐, 〈저거노트〉 같은 걸 만든 시점에서 좋은 시선은 못 받지."

"테스트만으로 열 명을 병원에 보낸 훌륭한 파일럿 크래셔니까요. 게다가 군산복합체 일족의 아가씨니까. 덕분에 교환부품이나 예비기는 윤택하지만, 죽음의 상인이 무기를 팔아댄다면서 좋게 받아들여지지 않습니다."

투덜대는 베르노르트에게 신은 담담히 대답했다.

"병사든 물자든 보충이 안 오는 데에는 익숙해. 기체 부품이 오는 것만 해도 괜찮은 부류다."

"몇 번이나 말합니다만, 그건 단순히 공화국이 이상한 거니까요. 당신들 에이티식스의 이상한 기준으로 낮다는 둥 충분하다는 둥 하는 소린 하지 말아 주세요."

그렇다고 해도 신이 에이티식스라고 들었을 때, 베르노르트는 완벽하게 납득했다.

노르트리히트 전대에는 당초에 대대 규모의 인원이 있었고, 정규 사관인 대위가 전대장이었다.

빈말로도 유능하다고 할 수 없었던 그 인간이 첫 전투에서 서툰 지휘를 하는 바람에 전대원이 줄줄이 죽어 나가고, 그 인간 자신도 죽어서, 당시에 한 소대의 차석 지휘관에 불과했던 신이 지휘권을 계승하게 됐을 때는 진짜로 운이 다했다고 생각했다. 특별 사관학교를 나온 햇병아리도 안 되는 녀석이 전대 지휘관의 중책을 다할 수는 없다고.

완벽한 착각이었다.

그렇다고는 해도.

"……얌전히 정규 기갑부대에 있으면 편할 수 있었을 텐데. 왜 또 고생할 만한 이상한 부대로 온 겁니까?"

"이쪽이 마음 편해. 정규 부대는 지휘계통과 교전 규정의 속박 때문에 움직이기 힘들어."

공화국의 '무인기'로서 싸웠던 때는 교전 규정도 없고 명령을 내리는 지휘관도――마지막에 만난 한 명을 제외하면――없었다. 개개인의 판단과 책임으로 움직이는 게 당연했으니까, 시종일관 상관의 판단을 듣고 명령에 따르는 정규군의 방식에는 도무지 익숙해지지 않았다.

베르노르트가 코웃음을 쳤다.

"거기서 '움직이기 힘들다'라고 말하니까, 10대 꼬맹이가.

……뭐, 우리로선 무능한 지휘로 우리를 죽이지 않는다면 충분합니다만. 설령 그게 무뚝뚝한 꼬맹이에 지휘관인 주제에 선두에 서서 돌격하는 바보에 함부로 동조했다간 정신이 나갈 것 같은 철가면 저승사자라도.”

할 말이 많은가 보군, 이라고 생각하며 대충 흘려들으면서 별 생각 없이 창밖으로 시선을 주었다.

포장도 되지 않은 도로에 흙먼지를 피우며 지나가는 오픈톱 트럭에 무심결에 눈이 갔다.

수확된 콩이나 고구마 부대처럼 짐칸에 가득가득 실린 것은 검은 시체 자루였다. 어제 전투에서 전사한 장병의 유해겠지.

유진도 이미 회수됐을까 하는 생각을 했다.

가족을 위해 싸운다고 말했던 동기.

──그거라면 너야말로.

그 뒤에 이어질 질문은 알고 있었지만…… 그럼 그때 질문받았으면 뭐라고 대답했을까.

“소위. ……소위? 듣고 있습니까?”

정신을 차리고 보니 베르노르트가 의아한 얼굴을 하고 있었다.

“으음…… 미안.”

“뭐, 당신들 꼬맹이에게 밤은 정말로 자는 시간이고, 이렇게 야전이 계속되면 힘들 건 압니다만. ……저건 좀 논외지만요.”

베르노르트가 앞을 본 채로 입을 다물고 발을 멈추었다.

그쪽을 보고 신도 납득했다.

매일 계속되는 수면 부족 때문일까, 잠옷 차림에 이리저리 뻗친

머리, 졸린 눈을 한 프레데리카가 한 손에 곰 인형을 질질 끌면서 맨발로 비칠비칠 걸어오고 있었다.

이 단계에서 이미 연방군의 군사규정상 좋지 않지만, 용병 취급이라 군기가 느슨한 전투속령병인 베르노르트도, 무인기 취급이라 애초에 군기가 없었던 신도 그쪽으로는 전혀 개의치 않았다.

그렇긴 해도 잠옷 대신 입은 블라우스가 위쪽부터 단추가 세 개나 끌러져서 오른쪽 어깨로 흘러내렸고, 가는 어깨부터 그 아래의 가슴께까지 보이는 것은, 아무리 볼 게 없는 열 살짜리 애라고 해도 문제다.

"프레데리카. 갈아입고 나와. 안 그러면 조금 더 자."

"우우. 키리, 머리 빗겨다오."

신은 한 차례 탄식했다.

"프레데리카."

붉은 눈동자가 껌뻑이더니 멍하니 올려다보았다.

"신에이. ……미안하구나, 실수했다……."

그렇게 대답 같은 것을 했지만, 결국 그대로 걸어가려고 하기에 일단 목덜미를 붙들었다.

마침 앙쥬가 나왔기에 맡기기로 했다.

"앙쥬, 미안해. 부탁해도 될까."

"왜 그래? ……아니, 프레데리카?! 무슨 꼴이야! 얼른 이리 와! 세오 군, 프레데리카의 군복 좀 가져다줘!"

"어, 그래도 돼? 뭐, 알았어."

지나가던 세오가 그대로 프레데리카의 방으로 걸어갔다.

그걸 지켜보며 베르노르트가 입을 열었다.

"뭐였더라. ……아, 그래, 그 '화물'이 또 도착할 것 같습니다. 국군 본부 쪽에서 연락이 있었습니다."

"화물? ……아……."

떠오르는 게 있어서 탄식했다.

연방에 보호되고 반년 남짓, ……그동안 '선의의 시민'이 계속 보내주는 편지나 지원품 같은 것이다.

어린애도 아닌데 인형이나 그림책, 과도한 동정과 위로를 적은 편지 등. 에이티식스가 연방의 일개 시민으로 평온한 삶을 살 수 있도록 에른스트는 그들의 개인정보를 일절 공표하지 않았다. 그 탓인지 '사악한 공화국에서 박해를 받은 가엾고 딱한 아이'라는 이미지가 연방 시민들 사이에서 멋대로 퍼진 모양이다.

남들이 어떻게 생각하는지에 흥미는 없고, 남들이 멋대로 선의나 연민의 대상으로 삼는 것에도 관심 없지만, 일부러 그걸 보여주려고 드는 것은 질색이다. 별로 기분 좋은 일도 아니다.

"평소처럼 다 처분하면 돼. ……일일이 확인받는 것도 귀찮으니까, 앞으로도 같은 식으로 하라고 몇 번이나 말했을 텐데."

"일일이 확인하는 것도 개봉 검사하는 것도 귀찮고, 값싼 동정 놀이의 소재가 되는 당신들도 불쾌할 테니까 본부 쪽에서도 그러고 싶은 모양인데요. 착복이네 직무 태만이네 하는 바보도 있으니까 일단 소위에게 보고는 하라고."

돌아보니 나이가 두 배 이상 차이 나는 장년의 중사가 어깨를 으쓱였다.

"형식입니다, 소위. 군대란 곳은 결국 인간의 조직이니까요. 인간이 불합리하고 비효율적이니까 군대도 불합리와 비효율적인 수속이 있지요."

뭐, 그건 공화국도 본래 그랬지만.

전투 보고서를 제대로 작성하라는 둥, 초계 보고서를 매번 내라는 둥, 처음에는 귀찮게 생각했던 은방울 같은 목소리를 떠올렸는데…… 그것을 베르노르트의 굵직한 목소리가 사정 없이 가로막았다.

"그런고로. ──이상 보고를 마치겠습니다, 전대장님. 이쪽의 서류에 사인을."

신은 힘껏 탄식했다.

"……그래서."

아침 식사 자리에서 세오는 꽤나 기분 나쁜 기색을 했다.

"사람이 모처럼 옷가지를 들고 갔더니, '문 열지 마라, 이 무례한 것.'이라고 하는 건 너무하지 않아? 게다가 인형을 내던지고. 던지는 건 그렇다고 해도 때리고 드는 건 또 뭐야?"

앙쥬가 시키는 대로 갈아입을 군복을 들고 간 뒤의 전말이다.

별것 아닌 일이라고 해도 곤경을 겪은 세오는 아까부터 계속 이런 식으로 프레데리카를 놀리고, 시종일관 목격했던 앙쥬는 입가를 누르며 웃고 있고, 라이덴과 크레나는 웃음보다도 황당함이 앞서고, 신은 언제나처럼 무관심하다.

소대가 다른 만큼 같은 노르트리히트 전대에 속했더라도 다섯 명 전원이 모이는 건 오래간만이었다. 기동방어 담당인 그들은 구원 요청이나 긴급출동으로 계속해서 동원되기 때문이다.

　처음 실전 투입되어서 실적도 제대로 없는 수상쩍은 실험병기와 그 운용부대마저 혹사시켜야만 할 정도로 서부전선 방어에는 여유가 없다.

　프레데리카는 새빨개진 얼굴로 고개 숙였다.

　"프레데리카는 일단 블라우스를 다시 입혀 줘도 왜인지 또 벗어버리니까."

　"잠버릇도 정도가 있어. 그럴 거면 차라리 조금 더 자면 될 텐데."

　"으, 으음, 시끄럽다! 시끄럽다!"

　세오가 은근슬쩍 배려했지만 그걸 알아차리지도 못하고 내쳐버렸다.

　"애초에 레이디가 옷을 갈아입는데 노크도 없이 문을 연 사람이 잘못한 것이다! 그렇게 생각하지 않나, 크레나?!"

　"노크는 했어. 또 누가 레이디야?"

　"그보다 왜 옷가지가 오기 전에 벗는 거야?"

　"애초에 잠이 덜 깨서 반라로 복도를 배회하는 게 제일 문제니까, 프레데리카."

　"누, 누가 반라로 배회했다고. 그보다 누구에게 들었느냐, 라이덴! 그대는 그 장소에 없었지 않나?!"

　그건 물론.

　전원의 시선이 신에게 모였다. 신은 무시했다.

프레데리카가 푹 엎어졌다.

"……그대는 의외로 심술궂군……."

"억지로 출격에 따라온 끝에 옷차림이고 대화고 엉망이 될 거면, 본거지로 돌아가는 편이 낫다는 말을 했을 뿐이야."

프레데리카는 입을 다물었다. 불만스럽게 올려다보는 자신과 같은 색깔의 두 눈동자를 보지도 않고, 신은 담담히 말을 이었다.

"마스코트에게 군인과 같은 군규는 부여되지 않고, 출격에 따라갈 의무도 없어. 도움이 되지 않는다고 하진 않겠지만, 휘말리지 않는다는 보증이 없는 이상 후방에 있어 주는 편이 이쪽도 마음이 편해."

"그럴 수는 없지. ……나는 다 지켜보기 위해 여기에 왔으니까."

라이덴이 웃었다.

"그럼 내일부터는 졸린 눈과 반라로 배회하지 않도록 해."

"그 화제는 그만 좀 언급해라!"

다시금 얼굴을 붉힌 프레데리카가 외쳤다.

이 이상 놀리는 건 아무래도 불쌍하기에 다섯 명은 그 화제를 접었다.

"자, 오늘은 우리도 뒷정리일까."

전투가 끝나도 전선 병사의 일은 끝이 없다. 방어진지의 보수나 재부설. 쓰러져서 남겨진 적기나 우군기의 잔해 회수. 그리고 우군 유체의 회수.

공세를 도로 밀어내는 것에는 성공했지만, 제177기갑사단은 막대한 손해를 냈다. 사람은 어디든지 부족하겠지.

"아니면 경합구역 내 초계일까. ……어제 전투로 기갑부대가 상당히 당한 모양이니까 초계 쪽일지도."

"의미가 없으니까 안 한다는 말이 정규군에선 안 통한다는 걸 알지만, 필요 없는 걸 알면서도 따라야만 하는 건 좀 귀찮아."

"그래도 말이지, 앙쥬."

"그렇지……."

귀여운 애니메이션 일러스트의 스케줄 수첩을 탁 닫으며 프레데리카가 어린애답지 않게 한숨을 쉬었다.

"여기저기에서 좋을 대로 부려 먹히는 것에도 그대들은 완전히 익숙해진 모양이지만."

의아하게 모이는 시선에 담담히 말했다.

마스코트의 직분은 극단적으로 말해서 '부대에 있는 것' 뿐이지만, 프레데리카는 신 일행이 특별사관학교에 재적했을 때부터 먼저 시험부대에 배속됐던 것도 있어서 적극적으로 연구개발팀이나 부대 지휘관과의 연락조정을 맡았다.

"그레테의 호출이 있다. 오늘은 오래간만에 우리의 본거지인 기지로 돌아간다."

제177사단 사령부 기지는 과거의 제국 공군 기지를 유용하여 수많은 격납고와 정비장, 지금은 내지에서 오는 수송기를 맞아들이는 정도의 역할밖에 없는 대형 활주로. 그 격납고 하나와 인접한 막사, 관제실을 빌리는 형태로 1028시험부대의 본거지가 자리 잡았다.

"──일단은 매일의 구원임무 수고 많아."

한 층 아래에 있는 격납고를 내려다보는 유리벽의 상황관제실에서, 1028시험부대 지휘관, 그레테 벤체르 중령은 붉게 칠한 입술로 말했다.

거기 집합한 것은 연구반과 정비반의 책임자와 전대의 소대장 이상의 프로세서로, 즉 전대장인 신을 포함한 에이티식스 다섯 명이다. 실내의 평균 연령을 대폭 끌어내리는 전투부대의 대장들을 둘러보며 그레테는 희미하게 쓴웃음을 지었다.

"전투요원은 한 달 전에 착임했을 때와 얼굴들이 많이 변했지만……. 아무래도 〈레긴레이브〉는 당신들 에이티식스나 용병들 쪽과 상성이 좋은 모양이네."

방음유리 너머, 오래간만에 둥지로 돌아와서 철저한 검사와 메인터넌스를 받는 20기도 안 되는 그녀의 '작품'을 보았다.

연방의 펠드레스 개발사상 최초의 고기동형 펠드레스 〈레긴레이브〉.

운동성에 주안을 두고 '적이 조준할 수 없을 정도의 고기동성'을 콘셉트로 한 그녀의 이론과 이상의 결정이다.

전차형의 120mm 전차포는 지극히 강력해서 〈바나르간드〉라도 포탑 정면 외의 부분을 맞으면 격파된다는 점은 변함없다. 그렇다면 처음부터 장갑 방어를 버리고 회피를 전제로 하는 편이 탑승자의 생존성을 높일 수 있다고.

한 달 전, 훈련을 마치고 전선에 착임했을 때는 1개 대대 50기 정도의 〈레긴레이브〉가 늘어서 있어서 장관이었던 격납고.

지금은 공백이 눈에 띄게 됐고, 대량의 88mm 포탄 컨테이너와 회수된 채 방치된 잔해가 안쪽 셔터 앞에 처량하게 쌓여있다.

절반도 못 되는 현재의 기체 수, 간신히 10대 중반을 넘었을까 싶을 만한 나이의 어린 대장들.

그래도 결론은 아직 나오지 않는다. ……나오지 않을 터이다.

"전달사항 전에 한 가지 좋은 소식이 있어. 로아 그레키아 연합 왕국, 발트 맹약동맹의 생존이 얼마 전에 드디어 확인된 모양이야. 초계부대가 무전 음성을 잡았어."

《레기온》과의 전쟁이 시작될 때까지 공화국과 연방(당시는 제국)의 북부에 인접했던 대륙 최후의 전제군주제 국가와 남쪽으로 이웃한 무장 중립국가다.

전파방해 때문에 여태까지 통신은 여의치 않고 서로 생존 확인도 할 수 없는 상황이었지만, 확인한 범위에서는 적어도 양쪽 다 살아있다.

"그들도 간신히 방어선을 구축하고 생존권을 유지한 모양이야. 연합왕국은 차츰 남진에도 성공하고 있으니까 곧 인간의 왕래도 가능해져. 협동작전도 조만간 가능해질지도 모르지. ……다만 그 이외의 주변국이나 서쪽의 산마그놀리아 공화국에 대해서는 아직 무전을 듣지도 못한 모양이지만……."

힐끗 시선을 준 곳에서는 흥미 없는 눈치로 테이블 위에서 턱을 짚고 있는 세오와 엎드려서 시선만 주는 크레나의 모습이 있어서 쓴웃음을 지었다.

조국을 걱정하는 것도 아니고 꼴좋다며 박해자를 비웃는 것도 아니다. 아무래도 좋은 거겠지. 상처는 깊다고 속으로 생각했다.

신과 라이덴은 일단 진지하게 듣는 자세를 취하고 있지만, 그들 또한 걱정하는 것은 다른 무언가—— 혹은 누군가로 보인다. 앙쥬가 힐끗힐끗 두 사람을 엿보는 것은 같은 느낌을 받았기 때문일까.

흰머리 섞인 붉은 머리를 하나로 묶은 정비반장이 입을 열었다.

"중령님. 그럼 전달사항은 좋지 않은 내용입니까?"

농담조의 말에 살짝 끄덕였다.

"아쉽지만 그래. ……《레기온》의 대규모 공세가 조만간 있으리란 예측이 나왔어."

이 자리에서 유일하게 민간인인 연구반장이 숨을 삼켰다.

동시에 여태까지 늘어져 있던 소대장들의 분위기가 일변했다.

비유로는 안 좋지만, 개집에서 지루하게 낮잠을 자던 사냥개들이 사냥의 뿔피리 소리를 들은 순간 고개를 쳐들 듯이.

"이로써 서방방면군은 전력 증강과 재편성을 하게 됐어. 우리 1028시험부대도 정규 기갑전력으로 FOB15에 고정 배치. 전대는 제141연대 예하가 되고, 내가 직접 지휘를 잡는다. ……여태까지처럼 소대 단위로 흩어지게 되는 일은 앞으로 없어. 1개 전대로서 가진 전력을 모두 집중할 수 있어. 이제부터가 우리 〈레긴레이브〉와 노르트리히트 전대의 진짜 힘을 발휘할 때야. ……질문 있나?"

"——공세 규모는?"

재편성이나 운용 변경은 예상했던 걸까, 아니면 흥미가 없는 걸까, 담담하게 말한 신에게 그레테는 미소 지었다.

　"현행 전력으로 충분히 요격할 수 있는 정도로 예측됐어. 증파는 만일에 대비하는 것. ……그렇긴 해도 이것에 대해선 당신도 의견을 올렸지, 노우젠 소위."

　라이덴이 힐끗 신을 보았다.

　옆에서 날아오는 시선을 신은 깨끗하게 무시하고, 그레테는 그걸 알아차리긴 했지만 의도한 것인지 모르기에 일단 흘려 넘겼다.

　"전선지휘관의 시점에서 본 분석으로서는 동의하는 바도 있었고, 공화국 최정예부대 출신 전대장의 의견으로도 흥미 깊게 읽었어. 하지만 1개 사단의 담당전역 정도의 소감으로 서부전선 전체에 미치는 규모의 공세를 예측하다니 다소 지나치게 대담한 것 아니었을까?"

　이것도 예상한 반추였을까, 대답은 거의 즉답으로 돌아왔다.

　"제177사단의 담당전역이 서부전선에서 특수한 부류에 속하는 게 아니라면 유추의 재료로서 부족함 없다고 생각합니다만. ……저번 전투, 《레기온》은 물러났다고 느꼈습니다. 물러날 수밖에 없었다, 가 아니라."

　밀어낸 것이 아니라.

　낚인 것이 아닐까, 하고.

　그레테는 웃음을 지웠다.

　"영역이 넓어지면 그만큼 전선은 늘어나고 얇아집니다. 방어진

지나 전진기지도 석 달 전의 전진으로 아직 재부설하는 상태겠지요. ……별로 좋은 상황이라고 할 수 없습니다만."

"……예리하네. 조금 더 어린애답게 구는 편이 귀여울걸?"

농을 던져보았지만, 신은 눈썹 하나 까딱하지 않았다. 그레테는 살짝 탄식했다.

"당신의 말도 지당해, 소위. 사령부도 그건 이해했어. 하지만 그렇다고 해서 현재의 방어선을 유지하는 것만으로는 연방도 언젠가는 무너져. 기다려도 《레기온》은 사라지지 않아. 조금씩이라도 좋아, 전진해서 그들을 근절해야만 해."

"……."

"그리고——《레기온》의 의도가 이쪽을 유인한 뒤의 총공격이라고 해도, 역시 소위의 예측으로는 적의 숫자가 너무 많아. 통합분석실의 예측을 대폭 웃도는 숫자야."

그뿐만 아니라 추정되는 자동공장형의 총 숫자와 생산량에서 도출되는, 이론상의 최대수를 크게 넘었다. 증파 병력을 계산해도 서부전선 전역이 완전한 열세에 처하게 될 정도의 물량이다.

보통 이 과묵한 소년이 제출하는 각종 보고서에 담긴 것을, 처지를 생각해 보면 혀를 내두르게 될 정도의 지식과 예리함을 모른다면 경질을 검토할 정도로——황당무계하다.

어쩌면 공화국에서 오랫동안 경험을 쌓았기에——결함병기와 극단적으로 열악한 환경 속에서 《레기온》과의 전투를 할 수밖에 없었기에 적 전력을 과대하게 잡는 버릇이 붙은 걸지도 모른다.

필요하다면 군규나 작전을 완전히 무시하고 움직이는 경향도 포함하여(그 이상으로 전과도 세우기에 지금은 어떻게든 그레테가 감싸주고 있다)…… 역시 공화국에서 입은 상처는 큰 모양이다.

"그렇게 걱정하지 않아도 괜찮아. ……연방은 공화국과 달라. 눈앞의 위협에서 눈을 돌리면 없었던 일이 된다는 생각을 우리는 하지 않아. 정보수집도 분석도 충분히 하고 있고, 해야 할 방비는 착실히 하고 있어. 무엇보다 연방은 결코 함께 싸우는 동료를 버리는 짓을 하지 않아."

공화국의 전장처럼 고립무원으로 싸우지 않아도 된다.

정보도 지원도 없고, 압도적으로 적은 숫자로 고독 속에서 필사적으로 싸우지 않아도 된다고.

"……."

납득한 눈치는 아니지만 딱히 마음에 울린 기색도 없이, 그저 핏빛 눈동자를 내리더니 눈을 감았다.

그걸 보고 그레테는 미소 지었다.

아직 신용도, 신뢰도 얻기엔 부족한 것이겠지만.

"또한 이번에는 새로운 동료가 전대에 들어온다. 소개할 테니까, 전대원들은 조금 더 남아 줘."

따라오라고 명령하고 또각또각 하이힐 소리를 내면서 걷는 그레테의 뒤를 따라서 신은 기지 복도를 걸었다. 익숙한 얼굴의 정비반장, 검사 때마다 기괴한 언동으로 입을 다물게 하는 연구반장과는 상황설명실 앞에서 헤어지고, 신을 포함한 에이티식스만이 뒤를 따랐다.

"〈레긴레이브〉는 어때, 소위? 마음에 들었어? ──당신들의
그 알루미늄 관과 비교해서."

슬쩍 시선을 돌려주었더니 그레테는 깊게 웃었다.

"당신들을 보호한 기지에 나도 있었어. 방첩이나 방역 관계로
결국 직접 이야기는 할 수 없었지만……. 당신의 단짝도 내 연구
실이 접수했어. 만나러 갈래?"

"……아뇨."

한동안 수복도 불가능할 정도로 망가뜨려서 갈아탔으니까 그리
오래 쓴 건 아니고, 복수 운용하는 기체 중 하나에 불과하다고 해
도 애착이 없는 건 아니다. 그래도 과거의 자기 기체를── 패배
해 잠드는 것이 허락됐을 터인 단짝을, 그 무덤을 파헤치는 짓을
하면서까지 만나고 싶다는 생각은 하지 않았다.

"……평가 보고는 지각동조 건과 함께 제출하고 있습니다만."

1028시험대는 〈저거노트〉와 지각동조의 운용시험을 위한 보
고다. 평가 보고는 물론 인체에 미치는 영향을 확인하기 위한 검
사도 정기적으로 부여됐다.

"그래. 그러니까 묻고 싶은 건 감상이야. ──과거에 공화국에
서 같은 계통의 펠드레스를 몰았던 당신들의 감상."

신은 한 차례 탄식했다.

"〈저거노트〉에 대해서라면."

그레테는 살짝 눈썹을 찡그렸다.

"〈레긴레이브〉야."

"〈저거노트〉."

"〈레긴레이브〉라니까."

"〈저거노트〉."

"……됐어. 그래서?"

불만스럽게 고개를 내젓는 그레테의 모습에 뒤에서 라이덴이 폭소를 참느라 헛기침을 했다.

신은 무시하고 말을 이었다.

"공화국의 〈저거노트〉보다 다소 좋은 알루미늄 관입니다."

그레테는 꼬박 십여 초 동안 침묵했다.

적잖게 상처 입은 표정이었다.

"……정말로?"

"어? 혹시 몰랐던 거야?"

"그건 말하자면 그냥 파일럿 크래셔란 말이잖아."

크레나와 세오가 속삭인 말은 아마 쇼크 때문에 그레테의 귀에 들어가지 않았다.

〈레긴레이브〉는 보통 사람이 몰기엔 운동성이 너무 뛰어나다.

《레기온》에 필적하는 기동성만을 주안에 두고 개발해서, 안전성에 대한 고려가 완전히 결여된 물건이다. 그 결과 테스트 단계에서 오퍼레이터가 부상으로 속속 탈락. 실전배치 후의 정규 프로세서도 몇 명은 〈레긴레이브〉에 잡아먹힌 꼴이다.

신이나 라이덴 등은 운용을 견딜 수 있지만, 그것은 그들이 에이티식스이기 때문이다. 이쪽도 성장기에 들어가는 10대 초부터 탑승자에 대한 배려가 전혀 없었던 공화국의 〈저거노트〉를 몰면서 그 부하에 적응하는 형태로 몸이 성장한 결과.

"그건…… 제법 충격적인 감상이네. 그런…… 무르다고 할까, 약하다고 할까…… 그러니까…… 만든 바보의 정신을 의심하고 싶어지는 그런 펠드레스와…….."

프로세서들 앞에서 꽤나 심한 말이었지만, 애석하게도 사실이기에 신은 신경 쓰지 않는다.

"……큭, 당신들은 용케 공화국에서 그런 고물 같은 펠드레스를 타고 싸웠네?!"

"그것밖에 없었으니까요."

"음, 그래…….."

입속에서 뭐라고 중얼거린 것은 공화국이나 그 공창에 대한 저주의 말이었겠지.

"……나쁜 기체는 아니라고 생각합니다. 확실히 프로세서를 가립니다만, 발이 빠른 건 고마운 일이고, 속도에 비해 제동이 강해서 작은 움직임도 가능합니다. 결국은 〈바나르간드〉도 강철의 관이란 건 다름없으니까, 그것보다는 쓰기 괜찮지 않을까 합니다."

위안거리 정도의 장갑밖에 없는 공화국산 〈저거노트〉에 익숙한 에이티식스인 그들은 장갑방어에 거의 신뢰를 두지 않는다. 장갑에 의존하느라 발이 느린 〈바나르간드〉보다는 운동성에 중점을 두고 적탄을 맞지 않는 기동을 전제로 한 〈레긴레이브〉 쪽이 훨씬 낫다.

"그래…… 왜일까. 칭찬 같지가 않네…….."

"실제로 신 군은 칭찬하는 게 아니니까…….."

앙쥬의 한마디는 흘려들은 모양이다.

한숨을 푹 쉬고 그레테는 말했다.

"그런데 왜 프로세서를 맡아 준 거지?"

"에이티식스를 프로세서 후보로 넣은 것은 중령님 본인이라고 들었습니다만."

"어디까지나 테스트 요원으로서야. 실전부대에까지 지원할 줄은 몰랐어. 분명히 당신들의 경험과 기량에는 도움을 받았지만……. 당신들 같은 소년병이 전선에 나가는 건 난 사실 반대해. 하물며 당신들, 에이티식스는 특히나 더."

시선을 주자 그레테는 어깨를 으쓱였다.

"나도 오퍼레이터였어. 10년 전, 《레기온》과의 전쟁이 시작됐을 때. 지금의 당신과 같은 나이였네. ……공군 사관후보생이었는데, 하늘은 《레기온》에 빼앗겼으니까."

대공포병형의 대공포화와 방전교란형의 전파방해로 경합구역에서 《레기온》 지배영역까지의 제공권을 빼앗긴 상태라는 사실은 연방도 공화국도 다름없다.

"같은 사관후보생 동료들도 함께 지원해서…… 많이 죽었어. 느려터진 〈바나르간드〉로 느릿느릿 움직이다가 뒤를 잡혀서. 더 빠른 펠드레스가 있으면 좋겠다고 몇 번이나 생각했지. 〈레긴레이브〉를 만들게 한 것도 그래서야."

추억에 잠긴 시선을 말하다가 시선을 든 그레테는 웃었다.

"……기탄없는 의견 고마워, 소위. 당신들도. ……다음 개수에는 조금 더 나은 의견을 말할 수 있게 할 테니까 기대해."

기지 게이트를 나서서 얼마 전에 재포장한 새 아스팔트길을 걸었다. 도로가 끝나도 계속 걸어서 여름의 녹음이 짙은 초원에 들어갔다.

도중에 풀로 뒤덮인 레일을 넘다가 문득 시선이 멎었다.

여덟 개의 복선 레일은 기억에 있었다.

여기는.

"당신들이 전에 지났을 때 여기는 아직 《레기온》의 지배영역이었지만."

그레테는 이쪽을 돌아보며 웃었다. 자랑스러워하는 붉은 입술.

"반년 동안 우리는 여기까지 되찾았어."

아……. 뒤에서 누군가가 흘린 탄식이 뒤에 닿았다.

여름의 짙은 녹음과 하얀 꽃이 핀 초원에 다섯 기의 공화국기──네 기의 〈저거노트〉와 〈스캐빈저〉 한 기가 낯선 유리관에 담겨서 엎어져 있었다.

"전선을 밀어 올릴 때 발견했어. 불쾌하게 여기겠지만, 여러 모로 조사도 했어. 이 위령비의 이름도 그래. ……플레이트는 기록을 남긴 뒤에 원래 장소로 되돌려놨으니까 안심해."

그렇게 덧붙이며 그레테는 유리 케이스 옆에 조용히 세워진 비석에 손을 댔다. 이전에 방문한 국립묘지에서 보았으니까 신은 그게 연방의 위령비 양식이란 걸 깨달았다.

"공화국은 어떨지 모르지만, 연방에서는 호국의 영웅이라고 불려야 마땅해. 그러니까 전사자의 이름은 반드시 국립묘지의 위령비에 남겨져. ……하지만 당신들의 동료는 당신들이 도달한 이 장소에 잠들었으니까. 이 장소에 남겨야 한다 싶어서 이렇게 했어."

"……."

딱히 상관없는데. 다소 메마른 생각이 가슴속을 지나갔다.

그들도, 나도, 이렇게 예쁘장한 기념비로 영원히 잠들고 싶었던 건 아닌데.

다만 나를 아는 이가 하다못해 잠깐 동안만 잊지 않아 주면 족했을 뿐이지——.

——소령님은 우리도 잊지 않아 주시겠습니까.

그때 불꽃이 밤하늘에 필 때. 그 밑에서 바랐던 것은 그저.

"……소위?"

"아뇨."

살짝 고개를 내저었다. 그런 감각 쪽에서 연방인과 자신들은 아무래도 다르다. 이해할 수 있으리라곤 생각할 수 없고, ……그래도 그들 나름의 배려는 조금 고마웠으니까.

남기고 간 플레이트를—— 동료들의 이름을 새긴 그들의 묘비, 그들이 존재한 증거를, 이젠 필요 없다고 여기거나 일종의 자료로 다른 곳에 옮기지 않아 준 것도.

그렇긴 해도 꽤나 긴 임무를 명령했구나 싶은 마음으로 유리관 속에 봉해진 파이드의 잔해를 보았다.

썩어 없어질 때까지 임무를 다해라.

《레기온》 쪽에서도 쓰러진 잔해의 회수기—— 회수수송형이 있다. 그런 그들에게 먹힐 때까지, 혹은 비바람을 맞아 풍화될 때까지, 그리 오래 가지 못하고 쓰러질 터였던 자신들이 힘이 다하고 조금 더 뒤까지…… 그 정도의 예정이었는데.

들은 적 있는 발소리가 뒤로 다가와서 멈췄다.

철컥철컥 하고 시끄러운 네 다리의 소리.

돌아보니 〈스캐빈저〉의 거구가 조용히 서 있었다.

각진 본체에 짧은 네 다리. 두 개의 크레인 암. 공화국의 각 구역에서도 이제 거의 찾아볼 수 없게 된, 극히 구형의 못생긴 모습.

이번에는 가벼운 군화 소리가 다가왔다. 딱 부딪치는 위치에 있던 라이덴이 피하고 보니 프레데리카였다.

"어이! 서두르는 건 알겠지만, 떨어뜨리지 않아도 되지 않나!"

허리에 손을 짚고 떠들어대지만, 크레나가 옆에서 손을 뻗어서 긴 머리나 군복에 묻은 이파리나 꽃잎이나 화려한 색깔의 무슨 유충 같은 것을 털어주었다.

"그러고 보면 프레데리카, 어디 갔었던 거야?"

회의에도 출석하지 않았는데 따라왔고, 그런가 싶더니 어느 틈에 사라졌는데.

"이, 이 녀석의 기동으로, 연구실에 갔고, 저기, 서프라이즈인가 하는 것을, 전부터 그레테와 연구원들이랑."

"서프라이즈?"

"그보다 연구실에서부터 뛰어왔어? 그래도 괜찮아? 안 죽어?"

"도중까지는, 그 녀석을, 타고 있었는데, 모습이 보인 순간 갑자기 가속하는 바람에 떨어져서."

"프레데리카, 일단 숨 고르자. 그다음에 말해."

"……으음. 이 녀석은 뭐지?"

프레데리카는 잠시 숨을 고르더니 자신만만하게 가슴을 폈다.

"좋은 질문이다, 라이덴. 이 녀석은 말이지."

"——파이드?"

말을 가로챘다기보다는 여태까지의 대화를 전혀 듣지 않은 기색으로 중얼거린 신에게 라이덴이 기막히다는 얼굴을 했다.

"너 혹시 펫에게는 죄다 파이드라는 이름을 붙이는 타입이냐?"

"그게 아니라……."

프레데리카가 호오 소리를 내며 기쁜 얼굴을 했다.

"역시 아는 게로구나. 그래, 이 녀석은 그대들과 함께 있던 파이드다."

잠시 정적이 있었다.

""""뭐?!""""

하모니를 이룬 목소리는 4인분이었다.

신은 파이드의 거구를 올려다본 채로, 그치고는 보기 드물게 눈을 치뜨며 움직이지 않았다.

"그 묘비를 조사할 때 이 녀석도 조사를 받았다. 인터페이스는 파괴됐지만, 코어 유닛은 간신히 무사해서 이렇게 수복된 거지. 아, 기체라면 이 녀석이 제어할 수 있는 범위로 성능을 올려두었으니까, 앞으로의 전투에서는 기대해도 좋다."

못생긴 외모로 남은 것은 기체를 조립한 연구반장의 유머라고 덧붙였다.

자기 기체나 전우들의 유품과 함께 남기고 갔다면 에이티식스들에게 애착이 있는 수행기겠지. 그렇다면 외모는 그대로 놔두는 편을 기뻐할 거라는 이유.

"물론 이 녀석 자신도 '죽었다'라고 생각했겠지. 새로운 기체로 교체했어도 처음에는 기동도 하지 않았다. 그게 움직인 것은."

프레데리카는 어딘가 쓸쓸하게 웃었다.

"그대의 이름을 들었을 때다, 신에이. ……널 따르는 게로군."

그 목소리에 담긴 희미한 선망의 빛을 알아차린 사람이 있었을까.

적어도 신은 깨닫지 못했다. 솔직하게 말해서 듣지도 않았으니까.

멈춰선 그의 눈앞에 파이드가 다가왔다. 손이 닿는 거리에서 발을 멈추었다.

"……삐이."

조심조심 살피듯이 광학 센서를 향하기에 작게 탄식했다.

"풍화될 때까지 임무를 다하라고 명령했지. 그 임무는 어쨌지?"

"삐……."

갑자기 얌전하게 고개 숙이는(센서와 기체 전체의 움직임이 그런 느낌이었다) 모습에 무심코 웃음이 흘러나왔다.

손에 닿은 차가운 금속 기체에 과거의 자잘한 상처는 없지만.

"뭐, 하지만…… 또 만나서 다행이야."

"삐."

쓰레기통에게도 감격하는 일이 있을까. 눈물지며 눈을 껌뻑이는 듯한 템포로 광학 센서가 껌뻑거리고.

"삐……!"

아마 인간이라면 안기든가 품에 뛰어드는 듯한 모습으로 10톤 넘는 거구가 돌격했다.

예상했던 신은 가볍게 피했다.

기세를 탄 파이드는 그대로 풀을 짓밟으면서 돌진하고, 방치됐던 전차형의 잔해에 격돌하여 멈췄다. 두웅…… 하고 종이라도 울린 듯한 무겁고 얼빠진 소리가 울렸다.

그대로 침묵한 파이드에게 시선을 주는 채로 세오가 말했다.

"우와, 뻔하다면 뻔한 전개."

"그대들은 조금 걱정이라도 해라!"

허둥대는 것은 프레데리카뿐이다.

"아니, 저 정도로 파이드가 망가지진 않아."

"신에게 말이다! 피했으니까 다행이지만 지금은 위험했잖나!"

"신 군은 파이드가 어떻게 움직일지 왠지 모르게 아는 모양이니까."

그것이 5년에 걸친 교우의 결과인지, 파이드가 자신에게 맞추는 형태로 학습했기 때문인지는 흥미도 없고, 알 수도 없지만.

실제로 아마 그럴 거라고 생각한 대로 힘없이 돌아오는 모습에 신은 더욱 웃음을 띠었다.

지켜보던 그레테는 슬쩍 미소 지었다.

다행이다.

FRIENDLY UNIT

[아군 기체 소개]

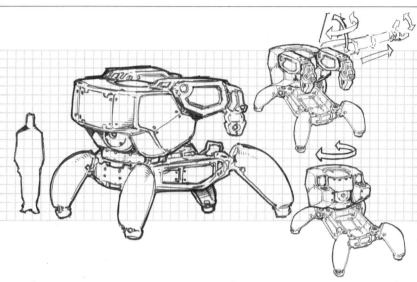

[자동형 지원기]

〈스캐빈저〉

[SPEC]

[제조원 및 통칭]
공화국판 : 공화국 공창(RMI) / M101(버렛)
연방재생형 : WHM / 〈스캐빈저〉
[전장] 3.1m / 전고 2.5m
[장비]
고기동 크레인 암 x 2
대형 컨테이너 마운트 x 1

공화국의 무인기 〈저거노트〉를 지원
하기 위해 만들어진 지원기. 예비 에너
지팩, 탄약 보충을 담당하는 임무 말고
도 〈스캐빈저〉라는 이름처럼 쓰러지고
방치된 다른 기체 등에서 물자를 회수
하는 역할도 있다. 단순 AI밖에 탑재하
지 않아서 상기 루틴워크를 다하는 것
이 본래 역할이지만, 신 일행의 〈스피
어헤드 전대〉를 따르는 개체 '파이드'
는 격전을 헤치며 학습한 것일까, 신
일행의 언동을 잘 이해하고 전사자의
유품을 회수하는 등, 단순한 작업기계
에 머물지 않는 능력을 획득하였다.

"……겨우 웃었네, 소위."

†

제177사단 사령부 기지에 본거지를 두는 노르트리히트 전대의 프로세서는 일단 기지 막사에 자기 방을 받는다.

그렇긴 해도 배속 이후 여태까지 구원임무로 계속 각 전선기지를 뛰어다녔으니까 오래간만에 돌아온 방이다. 자기 방이라는 감각도 희미하고, 좁고 간소한 방에서 펼친 철학서에 눈길만 주던 신은 조용한 노크 소리에 고개를 들었다.

저녁 식사 이후 취침시간까지의 자유시간. 막사에서는 먼 격납고의 소음은 여기에 닿지 않지만, 식당에서 떠드는 이들의 목소리가 희미하게 들리는 것은 연방도 86구의 막사도 다름없다.

문을 열자 프레데리카가 있었다.

왠지 굳은 얼굴을 하다가 한 박자 늦게 크게 숨을 내뱉으며 말했다.

"음…… 그대는 발소리를 내지 않고 걷는 버릇을 고쳐라……! 심장에 안 좋다!"

그렇게 말해도 말이지.

바꾸려고 해도 바꿀 수 있는 게 아니니까 버릇이겠지. 그렇게 개선할 마음이 전혀 없는 생각을 하는 것을 프레데리카는 물론 모른다.

"그보다 그대, 그 군화로 용케 소리를 내지 않는군……? 지금

바닥이 삐걱대는 소리도 나지 않았다."

"딱히 소리를 죽일 생각도 없는데."

그러고 보면 어느 틈에 뒤에 있었냐든가, 진짜 저승사자 같아서
무서우니까 그만둬 달라고, 다이야나 카이에나 키노가 말한 적이
있었는데.

안쪽으로 여는 문 앞에서 살짝 몸을 비켜서 들여보내자, 뚜벅뚜
벅 발소리를 내면서 들어왔다. 딱딱한 침대에 털썩 앉더니, 너무
간소하고 무기질해서 거의 감옥 같은 실내를 둘러보며 얼굴을 찌
푸렸다.

"살풍경하구나……. 사진이든 그림이든 뭐 하나라도 붙이든
가, 마음에 드는 책 한 권이라도 장식하는 게 좋다. 너무 차갑다."

"잠만 자는 장소잖아. 물건이 늘어나면 정리하기 귀찮아."

애초에 독서 자체도 좋아하니까 하는 것이 아니다. 다른 것을 생
각하는 동안에는 의식하지 않을 수 있다. 귀를 막을 수도 없는 망
령들의 목소리에서 잠시 마음을 흩어놓는 것일 뿐.

과거의 스피어헤드 전대의 방에는 간단한 책장을 만들었지만,
그것도 폐허의 도서관에 되돌려놓기 귀찮았기 때문일 뿐이다.

연방의 보호를 받은 지 1년 가까이 됐다. 신이 만사에 보이는 관
심이나 집착은 여전히 그 정도로 희박했다.

프레데리카가 그런 속을 다 들여다보듯이 얼굴을 찌푸렸다.

"잠만 자는 장소가 아니다, 멍청아. 그대가 있는 장소고 돌아갈
장소다. 설령 일시적인 숙소라고 해도…… 거기를 비워두는 것은
좋은 일이 아니야. 86구나 스피어헤드 전대란 곳에서는 그래도

좋았을지 모르지만."

그러면서 탄식했다. 그 나라의 에이티식스들은 언젠가 두 번 다시 돌아올 수 없는 자들이었으니까.

"유진의 방에는 사진이 많았던 것 같구나."

"거길 정리했어?"

"어디고 사람이 부족해서 말이다. 유품 정리를 좀 거들었지. ……여동생의 사진만 있었다. 친족의 사진이 남아 있지 않았으니까 마지막 가족이라고 아끼는 마음이었겠지."

"……."

유진 자신의 사진은 여동생에게 남아 있었을까. 희미한 고통과 함께 그렇게 생각했다.

수도의 도서관에서 한 번 마주쳤던, 나이 터울이 큰 어린 소녀.

비슷한 나이에 부모와 형과도 영원히 이별한 신은 그 뒤의 혹독한 전투의 나날 탓이라고 해도 그런 기억들이 제대로 남아 있지 않다.

하다못해 여동생만이라도 행복하길 바라며 싸우고, 마지막까지 여동생을 생각하며 죽은 유진이 그런 여동생의 기억에서 사라지는 것은…… 조금 가련한 기분이다.

"……이름, 듣지 않을 걸 그랬군."

프레데리카의 능력은 얼굴을 아는 정도로는 아무래도 대상이 되지 않는다. 이름을 듣고 말을 나누어야 비로소 그자의 과거와 현재를 들여다보는 그 '눈'에 비치게 된다.

그날 아침에 이야기를 하지 않았으면, 그날 중에 유진이 죽는 것을 프레데리카는 보지 않을 수 있었다.

"그대는 알게 된 후에 죽은 자에 대해 그렇게 생각하지 않겠지. 나도 마찬가지다. 설령 언젠가 사별한다고 해도…… 만나지 않는 것보다는 만나는 편이 낫다. 기억할 수 있으니까."

신은 한 차례 천천히 눈을 껌뻑였다.

"필요가 없다면 누군가의 죽음에 엮이지 않는 편이 좋아."

그것은 가족을 시작으로, 프로세서가 된 뒤로도 격전구에만 배속되고 연이어서 소속 전대의 동료들을 전멸이라는 형태로 잃어 온 신의 거짓 없는 본심이다.

처음에 속한 부대에서 동료와 나눈 약속을 후회하지 않는다.

그때의 동료부터 여태까지 함께 싸우다 죽은 전원을 데려가겠다고 스스로에게 의무로 지운 것도.

그래도 상실의 순간에 아무것도 느끼지 않는 건 아니라서…… 안 그래도 자신의 기사라는 망령을 품은 그녀가 그 이상 짊어져야 할 책무는 아니라고 생각한다.

프레데리카가 흥 하고 콧소리를 냈다.

"그대가 그런 말을 하는가. ……사람도 좋은 저승사자로군."

"그런데 뭐 하러 왔어?"

설마 이제 와서 방을 품평하러 온 것도 아니겠지만.

프레데리카는 놀라 눈을 껌뻑인 뒤에 막 떠올랐다는 듯이 갑자기 시선을 이리저리 옮겼다.

"아니, 그게 말이다. 실은……."

잠시 망설인 뒤에 결국 시선을 마주치지 않는 채로 띄엄띄엄 말했다.

"……아침에는, 미안했다. 저기…….."

아하 싶어서 신은 담담히 고개를 끄덕였다. 아침의 그 일인가. 키리.

그러고 보면 이름도 모르는, 프레데리카의 기사.

"그렇게 비슷한가?"

"똑같다고 할 정도는 아니지만. 체격은 똑같군. 절반이라고 해도 같은 일족이니까."

허를 찔려서 바라보자, 프레데리카는 장난에 성공한 어린애의 얼굴로 웃었다.

"나의 기사, 키리야 노우젠은 그대와 마찬가지로 노우젠 일족이다. ……부군의 계보도 부군에게 듣지 못했나?"

"그래."

그런 이야기를 한 적은 없다. 어쩌면 들었어도 이미 기억하지 못한다.

"모른다고 해도 그대의 뿌리다. 조금은 관심을 가지라고 말하겠는데……. 노우젠은 제국 여명기부터 야흑종의 군인 일족이다. 전투에 관해선 걸출한 재능을 혈족이 계승하고 대대로 황제의 수호자를 배출했다. ……귀종은 과거에 왕후로서 기이한 능력, 재주를 가졌고, 오래된 귀족 중에는 아직 그것을 물려받은 혈통이 드물게 있다. 그 능력을 지키기 위해서 혼혈을 꺼리는데…… 신에이, 그대의 양친이 공화국으로 간 것도 아마 그런 탓이겠지."

그런 말을 들어도 역시 아무런 감개도 들지 않았다.

연방에 속하는 양친의 계보도. 두 사람이 공화국으로 이주한 경위도. 기억하지 않으니까. ──아니.

──너 때문이다.

떠올리려고 하면 아무래도 그 광경이 먼저 다가온다. 내 탓이 아니라고 알면서도.

──어머니가 죽은 것도, 내가 이제부터 죽는 것도, 모두 다 네 탓이다.

프레데리카는 추억에 잠기느라, 조용히 몸이 굳은 신의 상태를 깨닫지 못했다.

"키리야는 노우젠 후작의 직계가 아니었으니까, 그대와 그리 핏줄이 가깝지 않지만. 나이는 그대보다 네 살 위고…… 마지막으로 보았을 때는 지금 그대와 같은 나이였지."

즉위 직후에 시민혁명이 발발하고 황궁에서 쫓겨난 프레데리카는 철이 들 무렵에 변경의 성채에서 독재자 일족과 근위병들에게 옹립되어 있었다. 로젠폴트. 제국 여명기, 성채 한쪽 면을 야만족의 피로 장미가 깔린 것처럼 붉게 물들이면서 함락되지 않았던 전설을 가진, 제국 최후의 저항 거점.

어른들밖에 없는 성채 안에서 제일 나이가 가까운 열 살 위의 키리야만이 놀이 상대였다.

머리를 빗겨주고, 정원의 꽃을 따오고. 어떤 어리광도 싫은 내색 한 번 하지 않고 어울려주었다.

과거를 그리는 시선으로 거기까지 말하다가 프레데리카는 갑자기 후훗 소리 내며 웃어다.

"그 녀석이 또 한없이 성실하고 융통성 없는 성격이라서 말이다. 라이덴이라면 고지식하다고 말할까. ……신에이, 혹시 그대와 만났다면 사이가 안 좋았겠지."

놀리는 듯한 말에 신은 흥 소리를 내며 콧방귀를 뀌었다.

만난 적도 없는 기사 따위야 알 바도 없었지만, 지금 이야기를 듣기론.

"완전 거북한 타입일 것 같은데."

"눈에 선하구나. 남하고 이야기할 때는 책에서 고개를 들어라, 규율과 군령은 확실히 지켜라, 그렇게 시끄럽게 떠들겠고, 그대는 어차피 전부 다 무시할 테니까 또 화를 내고…… 그립구나."

같은 피를 이었으면서 평생 만나는 일 없고 서로의 이름도 얼굴도 모르는 두 소년이 말을 나누는, 현실에서는 존재하지 않는 광경을 몽상한 걸까, 희미하게 웃는 채로 시선을 내렸다.

"딱 한 번 말한 적이 있다. 공화국에 있는 동포의 이야기를…… 만나고 싶다고."

야반도주한 자식을 당주님은 표면적으로 용서할 수 없었지만.

사실은 만나고 싶었던 거라고 생각한다. 손주가 태어났을 때는 내게 주셨던 것과 같은 그림책을 몰래 선물했다고 들었다. 아들에게서 온 편지도 사실은 버리지 않았다.

그렇게 말했을 때, 키리야는 웃었지만 손은 떨리고 있었다.

혁명 당초의 제도에서의 전투로 키리야의 가족은 모두 죽었다. 친구였던 귀족 계급의 자들도.

독재정권과도 키리야의 아버지와도 사이가 안 좋았던 노우젠 후작은 일찌감치 정권을 버리고 시민 쪽에 붙어서 연방 성립 후에도 일족의 지위와 명맥을 지켰지만, 그걸 프레데리카가 안 것도 에른스트의 비호를 받은 뒤이다. 시민의 군세에 포위당해 변경 성채에 갇혔던 당시의 키리야로서는 그걸 알 턱도 없었다.

만나고 싶다. 만나서 지금부터라도 동포라고 밝힐 수 있으면.

외톨이인 것은…… 힘이 되어주는 이가 아무도 없는 것은, 너무나도 괴로우니까.

"……."

신으로서는 그 감각을 이해할 수 없었다.

가족을 잃고, 그 기억조차 희미하고, 고향이라고 부를 장소도 없고, 그것을 불편하다고 생각하지 않는다.

어디에도 뿌리를 내리지 않고, 자기 몸 하나만 믿고 산다. 그런 삶을 지당하게 여기는 에이티식스인 그에게는 자신의 형태를 지키는 데에 자기 자신 이외에 뭔가가 필요하다는 감각을 이해할 수 없다.

"어떻게 《레기온》에?"

프레데리카는 잠시 동안 입을 다물었다.

"……로젠폴트의 방어전도 격전이었다. 연방군은 우리를 붙잡으면 《레기온》도 멈출 거라고, 그렇게 생각했으니까."

재상이나 근위장군은 정말로 《레기온》에 대한 사령권한을 가지고 있었고, 저항거점의 방어에 《레기온》을 투입하기도 했다. 하지만 애초부터 포로도 잡지 않고 민간인의 구별도 하지 않고, 적지의 모든 것을 쓸어버리고 제압하는 것을 목적으로 개발된 《레기온》은 너무 복잡한 명령에 대응할 수 없다. 아무래도 인간 근위병을 운용해야만 하는 국면은 많고, 인간과의 협동작전이 사실상 불가능한 금칙사항도 있어서 수많은 근위병이 싸우다가 죽었다.

키리야 또한 최연소 근위기사로서, 프레데리카의 기사로서 매일 연방군과의 전투에 참가했다.

과거 제국 최강의 기사의 혈족이라고 칭송받은 이름처럼—— 매일처럼 같은 인간인 연방군의 병사를 많이 죽였다.

"그러다가—— 키리야는 이상해지고 말았다."

혁명으로 가족도 지기도 잃고, 나고 자란 고향은 지금 적의 땅. 함께 싸우는 근위병들도 빗에서 이가 빠지듯이 전사하고—— 아마도 키리야는 너무 많은 것을 잃은 거겠지.

프레데레카를 지키는 것만이 전부가 되고, 그걸 위한 싸움을 오히려 바라는 듯한 언동이 눈에 띄게 되고. 연방 병사를 짓밟아 피로 물든 펠드레스를 옆에 두고 태연하게 프레데리카에게 웃어 주는 모습도 드물지 않게 되고.

태연하게, 밝게.

——폐하.

"나는 그게…… 무서웠다."

그러니까 프레데리카는 성채에서 도망쳤다.

도망쳐서, 순식간에 연방군에 붙잡혔다.

같은 전장에 에른스트가 독전을 위해 왔던 것은 정말 행운이었다. 여제가 죽은 증거로 쳐든 것은 그녀가 입고 있던 적색과 흑색의 황제의 망토만으로 끝났으니까.

키리야는 그것을 보았다.

지인의 과거와 현재를 보는 힘이 키리야가 그걸 보았다고 프레데리카에게 전했다.

그때를 전후하여 성채도 함락됐고, 연방의 부대가 철수한 주둔지에서. 그녀를 붙잡았던 병사가 다쳤던 까닭에 피로 물든 모습으로 매달린 여제의 망토를. 주군을 구하려고 싸우고 싸워서 많은 이를 죽이며 그 자리에 도달한, 간신히 열여섯 살이 된 소년이.

그때 키리야가 무슨 생각을 했는지까지는 프레데리카의 힘으로는 모른다.

다만 그때 주위에는 회수수송형이 어슬렁대고 있었다. 그들의 전투에 재이용 가능한 모든 것을 찾아서 돌아다니고 있었다.

공화국의 〈스캐빈저〉와 달리 회수수송형은 시체의 회수도 금지되지 않았다.

인간의 뇌 구조가 중추처리장치로 유용하다는 사실도 이미 그들은 학습했다.

가치가 큰 '노획품'을 회수하려고 다가오는 강철의 지네에게서…… 키리야는 우두커니 선 채로 도망치지 않았다.

"내가 키리야를, 그런 괴물로 만들었다."

프레데리카가 보고 있는 지금의 〈키리야〉의 모습은, 같은 것을 볼 수 없는 신으로선 알 수 없다. 연방의 지각동조는 청각밖에 동조하지 않는다.

하지만 두 번 조우했던 초장거리포의 그 험악함.

나의 기사라며 따랐던 프레데리카마저도 괴물이라고 말하는 것도——어쩔 수 없을 정도다.

"《레기온》은 곧 공격해 올 거라고 그대는 말했지. ……아마도 키리도 그때 오겠지. 그때는……."

"알았어."

끈질길 만큼 당부하는 소녀에게 쓴웃음으로 답했다.

하지만 프레데리카는 그 대답에 쓴웃음을 지었다.

"아니, 모르고 있다. ……그때는 위험하거든 무리하지 말고 철수해라."

시선을 내렸다. 프레데리카는 이쪽을 보지 않았다.

"잊고 있었다. ——인간은 쉽사리 죽는 법이지. 아무리 앞날을 바라더라도."

어제 죽은 유진처럼.

"……방금 그대가 말한 것과 같다. 인간의 죽음을 경험하는 것은—— 아는 이가 죽는 것은 난 싫다. 키리를 구하기 위해서 그대나 라이덴 같은 자가 희생되는 건 맞지 않다. 그대들에게는 앞날이 있다. 그걸 잃어선 안 된다."

앞날.

"——미래, 라."

프레데리카가 기막히다는, 다소 마음에 얹힌 듯한 얼굴을 했다.

"역시 생각도 하지 않았나, 참나……. 예로는 좋지 않지만, 그대는 유진을 보고 배워야 한다. 다음 휴가, 가고 싶은 장소, 언젠가 하고 싶은 것. 그런 것이면 된다. 조금은…… 생각하지 않겠나?"

"……."

──퇴역하거든.

문득 언젠가 들은 은방울 같은 목소리가 들린 듯했다.

쿠조가 죽고 얼마 뒤. 아직 서로 이름도 모르고, 그런 필요도 느끼지 않았던 무렵의.

──뭔가 하고 싶은 일은 없습니까? 가고 싶은 곳이나 보고 싶은 거라든가.

그때는 그저 귀찮다는 이상의 관심도 없었다. 생각한 적도 없다고 잘라 말했고, 지금도 그 대답은 변함없다.

하지만 혹시 같은 질문을 받는다면 그녀는 뭐라고 대답할까.

애초에 그녀는 싸우는 것을 방치한 공화국 속에서 무슨 생각을 하며 핸들러로 싸우려고 했을까──.

전장에서 밤은 일찍 찾아온다.

전쟁이란 매일 막대한 물자, 노력을 잡아먹는 괴물이다. 허튼 에너지를 공급할 여유는 병참 부문에도 연방 그 자체에도 없고, 어두운 전장의 밤에 함부로 불빛을 밝히면 좋은 포격 표적이 된다. 필요최소한의 부서를 제외하고 등화관제를 하는 것은 86구에서도 연방 서부전선에서도 다를 바가 없다.

"신, 프레데리카 어딨는지 몰라? ……아."

취침시간 얼마 전, 프레데리카가 돌아오지 않는다는 크레나의 말에 찾으러 온 라이덴은 신의 방문을 노크하고 열었다가 그 앞에서 멈춰 섰다.

침대와 책상으로 꽉 차는, 관이나 감옥처럼 비좁은 방의 그 좁은 침대 위. 예전 막사에서 그랬던 것처럼 베개를 쿠션 삼아서 등을 맡기고 뭔가 생각에 잠긴 듯한 신의 옆에서, 그런 신에게 기댄 모습으로 프레데리카가 숨소리를 내고 있었다.

"뭐야, 여기 있었나. 오빠를 잘 따르네."

"……겹쳐서 보는 것뿐이겠지."

한순간 미묘한 침묵이 있었던 이유는 아무래도 오빠라고 불린 위화감 때문인 모양이다. 애초부터 위아래로 형제가 없어서 그 호칭에 익숙하지 않은 라이덴으로서는 '그러고 보면 이 녀석은 그렇게 불릴 일이 없었나.' 라고 아무래도 좋은 생각을 했다.

"아, 그 기사 말이지. ……하지만 너야말로 그렇지 않아? 꽤나 받아들인 거 아니야?"

같은 에이티식스의 동료들이나…… 그 마지막 핸들러에게 품었던 것과는 또 다른 종류의 정이겠지만.

신은 잠시 생각하는 모양이었다.

"그래…… 그럴지도 모르지. ……예전의 나와 똑같으니까."

"글쎄."

내려다보는 붉은 눈동자에 라이덴은 손가락 끝으로 자기 목을 툭툭 건드렸다. 지금은 군복 옷깃으로 감춰서 눈에 띄지 않지만.

프레데리카의 기사라고 하는 녀석은 그것을 프레데리카에게 주지 않았다.

그것을 준 네 형은 이미 어디에도 없지 않느냐, 라고.

아무튼 지각동조를 기동하여 크레나에게 발견 연락과 회수 의

뢰를 하고 끊었다. 잠시 뒤에 바삐 달려온 크레나가 '대체 뭐 하는 거야!'라면서 프레데리카를 짐처럼 짊어지고 또 바쁘게 가버렸다.

그 모습을 보면서 라이덴은 멋대로 책상 앞의 의자를 끌어다가 앉았다.

신의 레이드 디바이스는 책상 위에 아무렇게나 내던져져 있었다. 프레데리카가 달라붙어서 잠든 바람에 집을 수 없었던 모양인데.

"……위에다가 청원을 냈다던데."

연방에 온 당초에는 너의 그것에 대해서 입 다물라고 당부한 것을 잊지 않았을 텐데.

"전할 것은 일단 전하려고 했을 뿐이야. 전력은 많을수록 좋아."

"그만둬. 실제로 듣기 전까진 아무도 믿지 않으니까 말 안 한다고, 전에 너 자신이 말했잖아. 게다가 가령 믿는다고 해도, 이번에는 그 뒤로 어떻게 굴러갈지 읽을 수가 없어. 전쟁 중에 지각동조를 쓰면 한 방일지도 모르지만, ……그걸로 어떻게 됐는지 잊은 건 아니겠지, 〈저승사자〉."

공화국에서 신과 지각동조를 연결했다가 망령들의 절규를 들은 뒤로 다시금 동조한 자는 마지막 핸들러를 제외하면 아무도 없다. 모두가 두려워하고 〈저승사자〉라고 부르며 꺼렸다.

같은 에이티식스의 프로세서들은 견딜 수 있었지만, 그것은 그들이 일상적으로 동료의 무참한 죽음을 접하며 인간의 죽음에도 단말마의 비명에도 익숙해졌기 때문이다. 그래도 신을 기피하는 자는 적지 않았고, 견딜 수 없었던 이는 죽었다. 지각동조를 연결하지 못하게 되고, 《레기온》들의 목소리를 통해 전장을 굽어보는 〈저승사자〉의 가호를 받지 못한 채.

그 바람에 신을 싫어하는 이도 역시나 적지 않고.

그런 전말을 아니까 모든 《레기온》의 목소리가 들린다는 신의 능력이 여기 연방에서 어떻게 받아들여질지는 불길한 예상 밖에 들지 않았다.

자기와 맞지 않는 탑승자를 다 박살 내는데도 〈저거노트〉의 운용은 중지되지 않았다. 정체 모르긴 해도 지각동조는 인체실험이나 마찬가지인 시험운용을 계속하고 있다. 그 정도로 연방은 냉혹해졌다.

"연방 놈들은 스스로 생각하는 만큼 성인군자도 아니고, 결국 여기에서도 우리 에이티식스는 연방인과 동격이 아니야. ……결국 어디고 변함없을 뿐일지도 모르지만."

연민도 모멸도 위에서 내려다본다는 의미로는 큰 차이가 없다. 하물며 일방적인 동정은 오히려 이해의 포기나 다름없는 이상, 언제 선의의 껍질을 뒤집어쓴, 혹은 벗어던진 악의로 변할지 알 수 없다.

괴물, 로 구별되고.

그리고 쓸모 있다고 판단되면.

"인간의 뇌세포를 꺼내는 건 비단 《레기온》만이 아니야. 네가 모르모트가 되는 거야 네 마음이지만, 인질로 잡히는 건 나는 사양이야. 멍청한 짓 하지 마."

물론 그게 꼭 본심은 아니다.

신에게는 본인보다도 오히려 주위 인간을 인질로 삼는 편이 억지력이 된다.

신은 가볍게 눈을 감더니 살짝 숨을 내뱉었다.

"……미안해."

"거기까지 전한 것만으로도 충분해. ……믿을지 안 믿을지는 연방 마음이지."

나쁜 나라는 아니다. 가능하다면 죽이고 싶지 않다고도 생각한다.

하지만 자신이나 동료를 희생하면서 지켜줄 만한 의리는 없다. 그저 그것뿐이다.

다만. 그렇게 생각하며 살짝 눈을 가늘게 떴다.

신이 그렇게 냉혹하게 가름하지 못하는 녀석이 아니었을 텐데.

"너 괜찮아?"

"——뭐가?"

"이상한 생각 하는 거 아니냐 말이야. ……에른스트 아저씨가 한 말이라도 신경 쓰는 거야?"

신은 잠시 침묵했다.

"프레데리카에게는 오히려 생각하란 말을 들었는데. ……딱히 생각한 적은 없군. 그럴 필요성도 없었으니까."

형과 같이 죽든가, 특별정찰로 스러지든가. 둘 중 하나의 미래밖에 없을 터였으니까.

지금 여기에 있는 것 자체가 말하자면 상상의 범주 밖이다.

하물며 그 너머의 일이라면.

너는? 이라고 되묻자 라이덴은 어깨를 으쓱였다.

"뭐, 될 대로 되라는 생각이지만. 뭘 하고 있을지는 상상도 안 가고, 애초에 정말로 전쟁이 끝나리라곤 생각 안 하지만. 뭐든지 해서 먹고 살고……. 그건 딱히 《레기온》과 싸우는 것보다 어렵지 않을 거야."

분명히 생각도 하지 않았지만, 라이덴으로서는 그리 어렵게 생각할 일도 아니다.

죽고 싶지 않으니까 사는 노력을 한다. 어차피 살 거면 다소 나은 생활을 하고 싶다. 그것은 아마 86구의 전장이라도, 전쟁이 끝난 뒤의 본 적 없는 미래라도, 그리 다르지 않을 거라 생각한다. 그 마지막 순간까지 최선을 다해서 살겠다는 에이티식스의 모습과 사실 그렇게 다른 것도 아니다.

다만.

조용히 생각하는 듯한, 아래를 향한 붉은 눈동자를 보며 말했다.

군복 옷깃에서 살짝 보이는, 형에게 죽을 뻔했을 때 생겼다고 하는 목이 잘린 흔적 같은 무참한 흉터.

형의 망령을 없앤 뒤에도 신을 구속하는—— 저주와 같은 것.

그런 녀석은 나 같은 인간과 다르다. 단순히 살아가는 것과는 다소 다른 뭔가가 필요할지도 모른다.

저주와 맞서는 뭔가. 대치하고 혹은 없애기 위한, 그런 뭔가가.

시야 구석, 아무렇게나 내던져진 것을 보았다.

침대 구석, 책갈피 대신으로 무슨 메모를 끼워서 덮어 둔, 자리에 안 어울리는 철학서.

공화국, 제1전투구역에서. 스피어헤드 전대의 막사에 있을 때라면 지금 시간은 그 마지막 핸들러가 지각동조를 연결해 온 시간이다.

그 시간에 이 녀석은 무슨 생각을 하고. 아니면.

뭘 기다리고.

"……소령은 잘 지내고 있을까."

신은 힐끗 이쪽을 본 뒤에 말없이 어깨를 으쓱였다.

정말이지 솔직하지 않다 싶어서 라이덴은 길게 한숨을 내쉬었다.

제5장 크라이즈 테이크 에임

전자의 파도를 탄 기계의 언어가 전쟁터의 하늘을 맴돌았다.

〈──노 페이스가 제1광역 네트워크에.〉

〈지금부터 소탕작전을 개시한다.〉
〈해당 네트워크 소속의 모든 《레기온》은 동결을 해제.〉
〈반복한다. 지금부터 소탕작전을 개시한다.〉
〈목표, 동부전역, 기아데 연방.〉
〈북부전역, 로아 그레키아 연합왕국.〉
〈남부전역, 발트 맹약동맹.〉
〈서부전역, 산마그놀리아 공화국.〉

〈해당 네트워크 소속의 모든 《레기온》에 고한다.〉
〈곧바로 섬멸을 개시하라.〉

†

    같은 날 같은 시각.

    기아데 연방 서부방면군 제177사단 노르트리히트 전대의 막사에서 한 사관이 벌떡 일어났다.

†

    절벽에서 떨어지는 꿈을 꾸었다.

    "──일어나."

    머리가 매트리스에 추락하는 충격과 그 말은 동시에 찾아왔다. 잠을 잘못 자서 삐걱대는 목을 주무르면서 라이덴은 막사의 딱딱한 침대에서 일어났다.

    불도 켜지 않은 좁은 방의 어둠 속에서, 빼낸 베개를 한 손에 들고 신이 서 있었다.

    "너 말이야…… 하다못해 말과 행동을 반대로 해 줘……."

    "그럴 때가 아니야."

    짧은 대답이었다.

    그 목소리가 긴박으로 가득했다.

    밤중인데도 입고 있는 연방군의 쇳빛 제식 탑승복.

    바로 눈이 떠졌다.

    "……드디어 왔나."

    "그래."

창밖, 아득히 서쪽 하늘을 물들이는──── 밤의 어둠조차도 뒤덮어버릴 정도로 농밀한 방전교란형의 은색 구름.

"적의 숫자는?"

"계산하고 싶지도 않아. 일곱 개의 봉인이라도 풀어버린 듯한 느낌이야."

"그거 어디서 나온 말인지도 몰라."

그답지 않은 농담을 하는 걸 보면 진짜로 위험하다는 것만큼은 알겠다.

붉은 눈동자는 전장 저편을 바라보는 채로 냉철하게 가느다랗게 뜬 상태였다.

"……상정했던 것 중에서 최악에 가까운 상황이야. 다른 세 나라로 나뉠 거라고 생각했던 군세의 일부가 연방 쪽을 향하고 있어. 《레기온》에서도 이곳 서부전선이 가장 중요한 모양이야."

"그것 또 영광이로군."

야유를 중얼거리며 벌떡 일어났다.

초승달의 날카롭고 푸른빛을 받은 옆얼굴을 다시금 바라보며 눈썹을 찌푸렸다.

"……너."

"────오늘 전투는 지각동조의 동조율을 최저로 고정해 두는 편이 좋아."

숨길 생각도 없는 걸까, 아니면 이 철가면 저승사자가 숨길 수 없다고 생각한 걸까. 바라보는 붉은 눈동자가 쓰게 웃었다.

새하얀 얼굴이 달빛 때문이 아니라도 다소 창백하게 보였다. 부단한 고통을 참듯이 살짝 뒤틀린 붉은 눈동자.

"가능하다면 필요할 때 이외에는 연결하지 마. ……익숙해졌다고 생각하겠지만, 솔직히 오늘 밤의 이건 힘들어."

망령의 절규에 마음이 얼어붙어서 계속 찾던 형의 벽력 같은 절규에도 눈썹 하나 까딱하지 않았던 사신이.

"──알았어."

"출격 준비는 맡기지. 다른 사람들도 깨워놔 줘."

"너는……."

신은 시선만 이쪽으로 돌리더니 사이드 홀스터의 권총을 가볍게 두드렸다. 연방군에서 펠드레스의 오퍼레이터에게 지급되는 자결용 소형 권총이 아니다. 보다 대형인, 과거 공화국군 제식인 자동권총.

"이미 입 다물고 있고 말고 할 상황이 아니잖아. ──전군 깨우고 올게."

부조리와 갑작스러움이 군대의 상식이라고 해도 기분 좋게 자는 한밤중에 갑자기 일어나게 되어서 프로세서들은 기분이 나빴다.

하물며 정규 명령이 아닌 전대장의 독단전행이다. 아무리 진짜 저승사자처럼 실력이 있다고 해도 경보도 없고 광역 레이더에 경고도 안 떴으면 아무래도 화가 난다.

"제길, 이러고서 훈련이었다고 하면 다음 전투에서 등을 쏴버릴 거다, 저 철가면 저승사자……."

"오히려 그 자리에서 사살해 주지. 눈 먼 탄이야, 눈 먼 탄."

최대한 빨리 하라는 말과 함께 출격 명령을 받은 〈저거노트〉의 격납고는 정비 크루들의 굵직한 목소리와 갠트리 크레인의 가동음, 포탄이나 에너지팩을 옮기는 중기계의 주행음으로 정신없었다. 그 소음에 묻히도록 불평을 흘리는 프로세서들에게 지나가던 베르노르트가 코웃음을 쳤다.

"너희 정도로는 오히려 당하기나 할 걸. 전대장이 배속된 직후에 싸움을 걸었다가 떡이 되게 맞았던 게 누구였지?"

아직 신이 에이티식스라고 몰랐던 무렵이다. 귀종의 피가 진한 외모를 보고 귀족님 따위라고 얕보고 덤볐다가 흠씬 당한 대원은 꽤나 많다.

"중사. 하지만 말이죠."

"그리고 너희는 직속이 아니었으니까 실감이 없겠지만. 저 고철들의 동향에 대해서는 레이더보다도 전대장이 더 정확해."

사이렌이 울려 퍼졌다.

노성도 소음도 한순간 움츠러들고 침묵했다. 그 틈에 불길한 경보음이 꽂혔다.

《레기온》의 습격을 알리는 경보다.

아연하게 쳐다보는 프로세서들에게 베르노르트는 어깨를 으쓱여주었다.

"……거 보라고."

제1방어선의 일각, 견고하게 지은 참호와 토치카 안에서 장갑 보병들은 마른침을 삼키며 적의 출현을 기다리고 있었다.

서부전선이 주전장으로 삼는 폐허도 삼림도 운 나쁘게 존재하지 않았던 전역이다. 그래도 《레기온》의 맹공에 저항하기 위해 방어시설은 견고하기 짝이 없고, 상호 지원사격이 가능하도록 설계된 배치. 유탄의 파괴적인 폭풍을 줄이기 위해 정확한 직각으로 자잘하게 꺾이는 참호와 농밀하게 대전차지뢰가 부설된 지뢰밭, 진지 후방에 주르륵 늘어선 88mm 대전차포.

다행이라고 해야 할까, 경보가 일찍 울렸기 때문에 근처에서 숙영하던 기갑부대도 바쁘게 달려왔고 그 든든한 존재가 어둠과 죽음에 떠는 인간의 본능을 살짝 풀어주었다.

"——대장."

온몸을 장갑강화외골격으로 무장한 병사 하나가 가리키는 곳. 지평선 저편에 밤의 어둠을 한층 더 검은색으로 가르는, 무기질적이며 사납고 어딘가 초현실적인 쇳빛의 실루엣.

다음 순간 시야를 길게 가로지르는, 끝없는 지평선의 능선 일대가 쇳빛으로 물들었다.

"뭐……?!"

마치 해일이 들이닥치는 순간 같다. 파도가 무너지고 파괴적인 물결이 밀려들 듯이 무수한 그림자가 능선을 넘고 밤의 평원을 쇳빛으로 가득 채우면서 질주했다. 파도가 좌악 밀려들 듯이, 불길이 평원을 핥듯이, 뼈가 스치는 듯한 희미한 구동음을 파도 소리처럼 울리면서, 게다가 지평선 너머에서 나타나는 후속은 선두가 아무리 전진해도 끝이 없는 그 막대함.

그야말로 이 세상 같지 않은 광경이다.

시야에 들어오는 모든 것을 뒤덮는 그림자. 함성도 없이 조용히, 불길한 어둠 그 자체처럼 퍼지며 달린다.

저것이——모두.

"《레기온》……."

내 이름은 군단^{레기온}—— 우리는 많기에.

멀리서 벼락이 일었다.

포탄이 하늘을 가르는 소리가 하늘에서 철퇴처럼 떨어졌다.

포화를 연 장거리포병형의 포격이라고 바로 이해할 수 없었던 이도 많겠지. 그 정도로 비현실적인—— 오래된 성경의 묵시록에 있는 심판의 날 같은, 그야말로 종교적인 광경이었다.

제1사가 연방의 방어진지를 크게 벗어나서 후방에 착탄.

이어서 다음에는 전방, 훨씬 가까워진 거리에 제2격.

오사가 아니다. 수십 킬로미터 저편, 지평선에 숨어서 목표가 보이지 않는 곳에 포격을 날리는 것이 포병의 전투다. 처음 몇 발은 조준 수정을 위한 시험사격, 그것이 끝나면 다음에는 당연히 ——.

"효력사가 온다아아아아아!"

굉음.

일제히 발사된 무수한 유탄이 은색으로 칠해진 밤하늘을 시커멓게 덧칠하고 참호에 쏟아져서 작렬했다.

155mm 고폭탄의 강력한 충격파가 뚫고 지나가고, 한발 늦게

고속의 포탄 파편이 질량탄으로 변하여 참호와 장갑보병을 함께 찢었다.

계속해서 착탄. 착탄. 착탄. 반경 45미터권 안의 인간 중 절반을 살상하는 파괴의 호우가 수십 발, 수백 발 쏟아졌다. 호우 같은 포격이 노호도 비명도 지워버리며 계속해서 쏟아졌다.

못 박힌 장갑보병들의 방어진지에 쇳빛 격류가 밀려들었다.

질서정연하게 포구를 늘어세우고 거대한 쐐기형 기갑진을 짜서 질주하는, 그것은 중전차형의 대군세다.

빈틈없이 쏟아지는 장거리포병형의 맹포격 밑에서, 공포를 모르는 《레기온》은 우군의 포화를 받으면서 맹진한다. 견고한 장갑으로 앞뒤 없이 돌진하고 100톤을 넘는 그 초중량으로 방어진지의 어지간한 장애물을 짓밟으면서.

그 선두에 배치된 척후형의 무리를 보고 의도를 깨달은 장갑보병들은 전율했다.

지뢰밭을 열기 위한 맹포격이 《레기온》 돌격부대의 전방에 집중. 지뢰와 함께 날아가고 파이고 불탄 황야에 척후형이 발을 내디딘다.

다 처리 못한 대전차지뢰가 작동. 몇 기가 폭발.

그 잔해도 짓밟으며 중전차형이 전진한다. 전략적 가치가 큰 중전차형을 지키기 위해 가치가 적은 척후형이 그 몸을 던져서 지뢰밭을 연다. 보통 인간으로는 도무지 흉내 낼 수도 없는, 전투기계의 광기 어린 자기희생.

탈 없이 지뢰밭을 돌파한 강철의 거수가 가까스로 맹포격에서 살아남은 장갑보병의 참호에 도달한다.

"제길, 사수, 사수한다!! 죽어도 물러나지 마라, 이 놈들아아아아아!!"

사이렌을 듣고 일어난 것은 졸병이나 하사관, 하급 사관만이 아니라 지휘를 전담하는 영관, 장성급도 마찬가지다. 최소한의 군복만 챙겨 입고서 다들 자기 위치로 달려갔다.

광역 레이더가 전파방해로 덧칠된 가운데 《레기온》의 접근을 탐지한 것은 설정 범위 밖의 저 멀리까지 나갔던 무인정찰기였지만, 왜 그런 곳에 반응이 있는지 생각하며 시간을 낭비하는 건 연방군의 장성 중에 없다. 적기 탐지 발견 직후에 파괴된 정찰기 대신 남은 기체를 보내고 송신된 숫자와 편성에서 전체의 총 숫자와 편성을 산출.

그 막대함에 다들 얼굴빛이 변했다.

"그럴 수가…… 서부전선 전역이 대규모 공격을 받고 있다고……?!"

제1028시험부대, 관제실. 그 메인스크린에 표시된 《레기온》의 예측분포를 올려다보며 그레테는 신음했다.

표시된 제177사단의 전역지도, 그 상위인 제8군단, 또한 서부전선 전역의 전역지도의 제1방어선이 새빨갛게 물들었다. 적성 유닛의 붉은 색채는 정신이 아득해질 정도의 종심이고, 대치하는 청색—— 제1방어선 배치의 우군 유닛의 숫자는 미덥지 못할 만큼 부족하다.

대규모 공격은 예측됐다. 언젠가 오리라고 대비했다. 하지만 그 규모와 숫자가── 예상했던 것보다 훨씬 크다. 현재 제1방어선의 전력으로는 아무리 사력을 다해도 부족하다.

물론 후방 구류 중인 기동방어부대도 출격 준비를 시작했겠지만, 그 준비 시간이나 벌 수 있을까. 모든 중량이 무겁고 뭘 하든지 전용 기계가 필요한 것이 기갑부대의 큰 결점이다.

그리고 최전선이 버티지 못하면 후방에 긴급전개 준비를 시작할 터인 즉각대응 예비전력도 때를 맞출 수 없다. 서부전선이 붕괴한다……!

부대 지휘관용 헤드셋에서 사단 사령부와 상급 군단 사령부의 교신 소리가 들렸다. 로아 그레키아 연합왕국, 발트 맹약동맹도 비슷한 대규모 공격을 받고 있다. 전력으로 대응하고 있지만, 채 대처할 수 있을지 불투명하다고.

인류는 설마. 오늘로 종언을 고하는 걸까──.

격납고에서 통신이 들어왔다.

[중령님.]

"노우젠 소위. ──상황은? 언제 나갈 수 있지?"

[언제든지. 노르트리히트 전대는 출격 준비를 완료했습니다.]

그레테는 한순간 아연하게 [SOUND ONLY]의 홀로스크린을 바라보고, 관제요원도 멍해졌다.

신의 목소리만이 평소처럼 평탄했다.

[명령은 없었습니다만, 질책은 나중에 받겠습니다.]

질책은 고사하고 징벌감인 독단전행이었지만, 징벌을 받을 일은 없다고 확신하는, 아니면 그렇게 되어도 개의치 않는다고 생각하는 듯한 지극히 평탄한 어조였다.

그레테의 붉은 입술 끄트머리가 올라갔다. 얼굴색이 달라져도 부하에게 들키지 않도록 어떤 때라도 입술을 칠하는 것만큼은 잊지 않는다.

아무래도 아직 그럴 필요는 없었던 모양이다.

"돌대가리 영감들이 뭐라고 하든지 반드시 감싸 주겠어, 소위. ……다른 부대도 준비가 끝나는 대로 출격시키지. 그때까지 어떻게든 전선을 유지해 줘."

[라저.]

그 성립 당초부터 군사국가였던 구 기아데 제국에서 수많은 도시는 전시에 적의 침공을 저지하는 요새로 기능하도록 설계됐다.

반드시 도시 중심부에 똑바로 도달하지 않는, 일정 이상의 넓이를 갖지 않는 대로. 일부러 도시를 분단하는 형태로 남긴 하천. 불규칙하게 남은 고대의 돌벽, 불규칙하게 뒤섞이게 지어진 석조 가옥.

그렇다고 해도 그것도 결국은 같은 인간을 상대로 하는 전투를 상정한 대책이다.

"대피해, 얼른! 전차부대가 온다!"

복잡하게 뒤얽힌 석조 대로를 패주한 장갑보병들이 달려갔다.

최후미의 병사는 지금도 저 골목 너머에 있고, 뼈를 서로 비비는 듯이 조용한 구동음 직후에 사이에 있는 건물을 무시한 120mm 포의 포격.

두께 600mm의 압연강판을 꿰뚫는 전차포 앞에 돌벽 따윈 무력하다. 금이 간 유리처럼 깨지고 포탄의 직격에 최후미의 병사가 분쇄, 날아가는 돌벽의 파편에 주위 병사들이 장갑과 함께 산산이 찢겼다.

"대자아아아앙!"

"그만둬, 가지 마! 저기선 아무도 살 수 없어!"

무너진 돌벽 너머에서 아지랑이와 함께 포신이 나타나고 전차형의 쇳빛 거구가 느긋하게 골목을 돌았다. 가도를 메운 잔해의 산 따윈 그 다리들 앞에서 아무것도 아니다.

도망칠 틈 따윈 이미 없다. 멈춰 서서, 하다못해 자신들을 죽일 상대를 노려보는 장갑보병들을 향해 전차포의 포구가 천천히 고개를 돌리고——.

예리하고 무거운 금속이 단단한 돌바닥을 내달리고 짓밟으며 뛰는 파쇄음, 그리고 무겁게 바람을 가르는 소리.

장갑보병들의 머리 위를 순백의 그림자가 뛰어넘었다.

가도 왼쪽의 가옥 벽면에 착지, 삼각 점프의 요령으로 방향전환하면서 재도약. 불가능한 기동에 탐지가 늦었을까, 말이 뒷발로 일어서는 듯한 기동으로 포구를 쳐들려고 한 전차형의 포탑 상면에 포격을 꽂았다.

관통. 내부에서 작렬. 자신의 포탄에 유폭한 전차형이 장갑 모둘을 떨어뜨리며 불을 뿜었다.

공간을 달린 충격파와 폭염은 눈앞에 착지한 하얀 펠드레스의 장갑이 막아주어서 보병들에게 미치지 않았다.

그 순백의 장갑. 목을 잃은 백골 사체 같은 네 다리의 실루엣. 캐노피 밑에 작게 그려진, 야삽을 짊어진 목 없는 해골의 퍼스널 마크.

"레긴……레이브……."

〈레긴레이브〉의 붉은 광학 센서가 이쪽을 보았다.

[다른 잔존 부대는?]

어느 틈에 뒤쪽의 가도 좌우에 있는 가옥들의 평탄한 지붕 위에 하얀 기체가 있는 것을 보병부대의 부장은 깨달았다.

건물 저편에서도 철컥철컥 하고 시끄러운 발소리와 구동음이 들렸다. 그건 강력한 쇼크 업소버를 탑재한 《레기온》일 리가 없다. 〈바나르간드〉보다도 가벼우니까 지금 주변에 전개한 것은 눈앞의 이 〈레긴레이브〉와 같다.

광학 센서의 붉은 시선은 계속 이쪽을 향하고 있다. 간신히 자신에게 묻는다는 것을 깨닫고 부장은 다급히 대답했다.

작전 구역에 생존자가 있느냐에 따라서 취할 수 있는 전술은 변한다. 힘닿지 않아서 패주했다면 하다못해 구하러 온 동료에게 그 정도의 정보만이라도 주어야 한다.

"이제 없어. 우리가 마지막이다! 다른 부대는…… 다들, 고철들에게 당했다."

[그렇습니까.]

걱정하는 것도, 애도하는 것도 아닌, 극히 평탄하고 차가운 느낌의 목소리였다.

소문으로 듣던 〈저승사자〉의 퍼스널 마크는 목이 없는 해골.

그럼——이 녀석이 바로 그 에이티식스.

[후퇴하여 태세를 가다듬어 주세요. 그때까지는 우리가 버티겠
습니다.]

"——자, 그럼 시작할게."

시험 배치가 시작된 지 얼마 안 되는 XM2 〈레긴레이브〉——〈저
거노트〉는 연방의 펠드레스 개발 사상 전례가 없는 고기동형이라
는 특성에 가장 유용한 무장과 전술을 찾기 위해, 주포, 격투암 모두
복수의 선택 무장이 준비됐다.

앙쥬가 모는 〈스노윗치〉는 기본적인 주무장인 88mm 활강포를
버리고, 대신 다연장 미사일 포트를 탑재한 면 제압전 사양의 기
체다.

전투 개시 전에 《레기온》의 전개 상황은 신에게 들었다. 시간
이 경과하여 꽤나 이동했겠지만, 어떻게 움직였을지는 상상이 간
다.

적 집단의 위치 예측과 그 집단에 일격으로 최대효율로 파괴를
주는 한 점의 간파.

그것이 4년에 걸친 《레기온》과의 사투에서 그녀를 살아남게 했
고, 스스로도 연마한 앙쥬의 무기다.

지원 컴퓨터에 좌표를 입력하고 사격 개시. 전탄 발사한 미사일

이 연기의 꼬리를 끌면서, 요격을 막기 위해 제각각의 궤도를 그리면서 각자의 목표로 돌진한다.

설정 좌표에 도달. 외각의 신관이 파열하고 내부의 클러스터탄이 흩어진다. 상공에서 쏟아지는 유탄의 비를 맞은 《레기온》 부대가 황급히 흩어졌다.

목소리는 부드럽고, 입술에는 미소.

그러니까 콕핏 안에서 그녀가 떠올린 부드러운 미소에 담긴 잔인함을 아는 이는 없다.

"튀어나왔어. 우글우글우글우글, 둥지가 부서진 개미떼 같아."

정밀조준용 고글형 헤드마운트 디스플레이에 건물이나 잔해 뒤에 숨어서 움직이는 《레기온》의 그림자가 비친다. 미사일이 뿌린 클러스터탄을 경계하여 산개한 대오.

유서 깊을 듯한 오래된 교회의 종루에 숨은 〈건슬링어〉의 안, 크레나는 그중 하나에 조준을 맞추었다.

저격 사양의 〈건슬링어〉는 탄도 안정성과 초속에 뛰어난 장포신 88mm포를 장비하고, 화기관제계와 자세제어계 모두 전용 사양으로 바꾸었다. 그것들은 고속으로 기동하는 《레기온》에 대해서도 예측사격으로 명중시킬 수 있는 크레나의 기량과 맞물려서 연구반이 경탄할 정도의 명중률을 냈다.

전용 헤드마운트 디스플레이에 비치는 풍속이나 기온 등의 각종 데이터와 십자형 레티클.

지각동조를 통해 귓속에 울리는 망령의 목소리에 살짝 눈을 가늘게 떴다.

한탄의 목소리도 단말마의 절규도 무섭지는 않다. 신처럼 가엾다고 생각하는 일도, 동료였던 〈검은 양〉이 아니라면 있을 수 없다.

《레기온》은 그저 그녀의 소중한 동료들을——최전선에서 놈들과 맞서는 신을 위협하는, 위험한 적이다.

적은.

배제해야 한다.

무의식중에 호흡이 멈추었다. 금색의 두 눈동자가 잔혹하게 가라앉았다.

자연스럽게, 아무렇지도 않게 방아쇠를 당기고, 저 너머에서 장갑이 꿰뚫린 전차형이 쓰러졌다.

"지휘관기부터 부술게. 적당한 곳으로 이동할 테니까 원호 부탁해."

"알았어, 크레나. 피라미는 맡겨!"

라이덴의 〈베어볼프〉는 격투암에 중기관총을 들고 건마운트암의 주포도 기관포로 바꾸었다. 화력 구속——탄막을 쳐서 적의 발을 묶고 동료기의 전진을 지원하는 역할을 위해서다.

전위, 그것도 근접전투에 특화된 신과 3년 이상 팀워크를 맞추면서 필연적으로 그 원호를 맡는 일이 많았기 때문에 선택한 전술과 무장.

동시에 부대 전원의 원호를 담당하는 그 역할은 부대 전원의 상황에 눈을 주는 것이기도 해서, 남들을 잘 돌보는 라이덴에게 안성맞춤인 역할이다. 라이덴 자신은 절대로 인정하지 않지만.

중기관총 두 정과 기관포 한 문은 각각이 다른 목표를 향해 사격이 가능하다. 중기관총 두 자루의 농밀한 탄막에 전진하려던 척후형과 근접엽병형이 쓰러지고, 방향을 돌린 기관포의 소나기에 전차형 분대가 우왕좌왕했다. 〈베어볼프〉의 좌우에 두 대의 〈저거노트〉가 달려가고, 〈언더테이커〉가 전차형 하나와 엇갈리며 베어버리고, 고가도로 위로 뛰어오른 〈래핑폭스〉가 다른 기체를 향해 포격을 퍼부었다.

그대로 〈언더테이커〉는 가도 너머로 달려가고, 〈래핑폭스〉는 건물 옥상에 와이어를 발사하여 등반, 옆 가도로 향했다.

신의 지원으로는 크레나가 들어간다. 앙쥬는 뒤로 물러나서 미사일 런처를 교체하는 중이다.

즉각 전황 판단을 내리고 〈래핑폭스〉를 지원하기 위해 라이덴은 〈베어볼프〉를 움직였다.

〈래핑폭스〉—— 세오의 〈저거노트〉의 무장 구성은 현재 표준적으로 준비된 것, 그야말로 스탠더드한 것이다. 등의 88mm 활강포, 격투암의 중기관총. 네 개의 파일드라이버와 와이어 앵커 두 문.

다만 장기로 삼는 전법은 전혀 스탠더드하지 않다.

"영차."

전차형의 포격을 피하고 버려진 승용차를 발판 삼아 도약, 공중에서 앵커를 빌딩 벽에 쏴서 더욱 상승. 뒤를 쫓아서 벽면을 달려오는 근접엽병형을 비웃듯이 길 반대편 빌딩에 앵커를 쏘고 처음에 쏜 앵커를 해방. 휘감는 와이어에 이끌리는 형태로 하늘을 난다.

전차형의 위를 점거. 동시에 사격.

가장 장갑이 얇은 뒤쪽의 상판 장갑을 정확히 꿰뚫린 장갑형이 폭발했다.

와이어 앵커를 다용하는 삼차원 기동.

57mm라는 빈약한 주포와 방치된 국토를 전장으로 삼아 시가전이 많았던 공화국의 특성. 앙각을 취할 수 없고 상판 장갑이 얇아서 위에서의 공격이 유일하며 최대의 약점인 전차형이나 중전차형과의 전투. 그런 조건에서 도출한, 그리고 공간인식이 뛰어난 세오이기에 취할 수 있는 그의 최적의 답안.

신처럼 《레기온》과의 근접백병전을 벌이고 살아남을 만한 격투센스는 없으니까.

록온 경고.

방금 있었던 빌딩 옥상에 도달한 근접엽병형이 로켓런처를 이쪽을 향한다. 그걸 힐끗 보고 다시금 앵커를 사출. 건물 몇 동을 사이에 둔 다른 건물에 박힌 앵커에 몸을 맡기고 벽면을 달린다. 배후에서 폭발의 굉음이 울리는 동시에 반전, 근접엽병형에 기총소사를 먹여서 침묵시킨다.

그 순간 거리 저편에 간간이 보이는 광경에 입가를 늘어뜨렸다.

노르트리히트 전대의 전투 최전열. 《레기온》들의 대열 심부에 파고들어서 말 그대로 사방에서 쏟아지는 포격을 누비면서 격파에 격파를 거듭하는 〈저거노트〉의 하얀 그림자.

저승사자에게 사랑받는다고 할까, 오히려 역시나 그 자신이 저승사자가 아닐까.

"정말이지, ……왜 신은 저렇게 무모하게 날뛰면서도 죽지 않는 걸까."

전선에서 전투요원들이 사투를 벌일 때, 후방요원 또한 그들의 전쟁을 벌이고 있다.

[——포탄과 에너지팩을 죄다 가져와! 준비된 트럭부터 출발해!]

[중사, 예비기 준비가 끝났습니다!]

[요청이 있는 대로 보낼 수 있도록 해둬! ——알겠나, 파이드가 챙기러 오게 하지 마! 녀석은 대장의 지원에 집중시킨다! 피자 배달은 우리가 할 일이니까!]

강력하기 짝이 없는 《레기온》을 상대로 포탄이나 에너지가 바닥나는 걸 신경 쓰면서 싸우다간 전투요원은 다치고 죽는다. 소모물자의 원활한 보충이야말로 지금 싸우는 동료들에게 해 줄 수 있는 최대의 원호라는 것을 알기에 후방의 그들도 필사적이 된다.

소음 속이라면 이쪽이 확실하다는 이유로 지각동조를 통해 격납고에서 주고받는 대화를 레이드 디바이스를 통해 막사의 자기 방에서 들으면서 프레데리카는 지금 당장 달려가고 싶은 마음을 필사적으로 억눌렀다.

뭐든지 좋다, 도울 수 있는 일이 있을 거다, 그렇게 감정이 아우성쳤다. 하지만 그것이야말로 자기만족이라는 것을 알기에 아우성치는 마음을 이성으로 필사적으로 억눌렀다.

격납고에서는 무거운 포탄이나 에너지팩을 옮기기 위해 전용 중기계가 뛰어다닌다.

관제실에서는 프레데리카로선 알 수 없는 전문 지식으로 그레테와 관제요원이 소리치고 있다.

힘없고 약한 어린애인 자신이 이 상황에서 할 수 있는 일은 하나도 없다.

중장비 수송차에서 관제 흉내를 내었던 것조차도 신이나 라이덴 등이 응석을 받아주었던 것이라는 것을 이제야 깨달았다.

최소한의 조력으로 '눈'을 뜨고 그녀의 기사를 전장에서 찾았다.

최전선에서 《레기온》과 싸우는 신은 키리야 하나를 신경 쓸 여유가 없을 것이다. 위치를 알면, 행동을 알면, 어쩌면 경고를 해줄 수 있을지도 모르니까…….

'눈'에 비친 그녀의 기사의 모습에, 그 전장에, 얼어붙었다.

레이드 디바이스를 찾고 접속대상 설정을 변경했다. 반쯤 넋 나간 채로, 서둘러서 그 이름을 불렀다.

"신에이."

대답은 없다.

지각동조는 연결됐다.

신과 동조하면 항상 들리는 망령들의 속삭임이 귓속에 울린다. 그 너머에서는 이 광란의 전장에서도 목표를 지시하는 신의 냉철한 목소리가 들려온다.

마찬가지 에이티식스인 동료들에게, 노르트리히트 전대의 프로세서들에게, 때때로 무전과 외부 스피커를 통해 다른 부대의 병사들에게까지도, 아마도 자기도 적진 한가운데에서 무수한 적기와 싸움을 벌이면서.

"신에이, ……키리가 없다."

대답은 없다.

듣지 않는 거라고는 왜인지 생각하고 싶지 않아서 거듭 말했다.

"이 전장에 키리가 없다."

대답은 없다.

머리에 확 피가 몰렸다.

분노가 아니라, ……정체 모를 두려움 때문에.

"듣고 있나, 신에이! 지금 키리가 있는 곳은……!"

그때 눈에 비친 대상이 바뀌었다.

거듭해서 부른, 강하게 의식한 그 상대로.

어둠 속의 폐허가 된 시가지를 질주하는 네 다리의 거미.

하얀색이었을 터였던 기체는 이미 순백이 아니었다. 초연과 먼지와 베어버린 《레기온》의 유체 마이크로머신의 피로 쇳빛과 은색으로 더러워져서 그 몸은 얼룩졌다.

과거에 본 광경이 되살아났다.

짓밟은 병사의 피로 물들어서 붉게 얼룩진 펠드레스와 그 옆에서 밝게 웃던 사람.

그러면서도 검은 눈동자는 얼어붙어서 움직이지 않는다.

폐하.

그렇게 말하면서── 그 눈동자는 이미 그녀를 보지도 않는다.

같은 색채의 붉은 눈동자가 하얀 장갑 너머에서 보였다.

가동을 멈춘 블레이드를 적기에 힘껏 내던지고, 도중에 부러지는 것도 개의치 않고 다음 적기를 향한다. 가까이서 작렬한 근접 신관의 포격으로 파편이 콕핏에 쏟아지고, 서브스크린 하나가 깨져도 시선도 흔들리지 않는다. 그저 눈앞의 적기에만 모든 의식을 쏟는, 예리하게 얼어붙은 붉은 눈동자.

다리에서 힘이 빠져서 풀썩 주저앉았다.

왜 이렇게나 겹치는 건지 간신히 깨달았다.

비슷해서가 아니다. 한없이 닮은 두 사람은 아마 그 근본까지도 똑같으니까.

이럴 수가. 채 말을 빚지 못한 말이 흘러나왔다.

바보 같은 놈, 신에이. 그대는 아직 모르는 건가.

이제 그만해라.

"그대는 그렇게 계속, 싸워선 안 된다……!"

†

　은색의 희미한 구름 너머, 서쪽 하늘에 초승달은 기울고 심야의 폐허는 칙칙한 은회색을 드러낸다.

　갑자기 바로 근처에서 무거운 발소리가 멈추고, 주위의《레기온》의 목소리를 통해 분포 상황을 확인하던 신은 살짝 숨을 삼키며 돌아보았다.〈저거노트〉에 탑재된 레이더는 기만당해서 도움이 안 되는 피아 식별은 이미 꺼버린 상태로, 방전교란형이 봉쇄한 하늘 아래.

　[――어이, 쏘지 마라, 노르트리히트! 우군이다!]

　시선 앞, 거기 서 있던 것은 제177사단, 제67기갑전대의 중대 마크를 단〈바나르간드〉다. 시선추종식으로 설정되어서 날카롭게 바라보는 붉은 광학 센서의 앞, 50톤을 넘는 중량에도 불구하고 어딘가 가벼운 발걸음으로 다가왔다.

　전투기동 때문에 부하가 걸린 걸음이 아니다. ……경보에 일어나서 출격 준비에 들어간 기갑부대가 간신히 전장에 나오기 시작한 모양이다.

　[목이 없는 해골의 퍼스널 마크. 네가 전대장이로군?]

　"노르트리히트 전대 전대장, 신에이 노우젠 소위입니다. ……상황은?"

　〈바나르간드〉의 차장은 아무래도 웃은 듯했다.

　[제67전대 전대장, 사무엘 루츠 대위다. 공세를 감행한《레기온》의 제1진은 간신히 격퇴에 성공했다. 다른 구역도 마찬가지

다. 긴급출격한 너희가 전선을 버텨준 결과다. 고생 많았다.]

문고 싶었던 것은 아군의 상황이고, 《레기온》 선발대가 모든 전선에서 후퇴하기 시작한 것은 확인했지만, 말해 봤자 소용없을 테니까 그건 넘어간다. 그보다도 여태까지의 전투로 턱에 닿은 숨을 조금이라도 정리하고 싶었다.

[남아 있던 다른 부대도 모두 출격했다. ……이제 괜찮아. 물러나서 보급을 받아라. 그 뒤에는 사령부의 지시에 따라라. 여기서부터는── 우리 연방이 넘겨받지.]

너희 에이티식스는 무리하지 말고 물러나라, 라고.

아직 다소 가쁜 숨을 삼키고 내뱉는 동시에 말했다.

"외람된 말입니다만, 대위."

옆에서 대기하는 파이드의 보충물자 잔량을 확인하고, 주변에 분포한 각 〈저거노트〉 기체 스테이터스를 다목적 윈도우에 불러냈다. ……만전은 아니지만 부족하지도 않다. 다들 전투 속행은 충분히 가능하다.

"방금 《레기온》 부대는 선발대, 다음에 오는 제2진이 본대입니다. ……지금 물러나면 이 구역이 함락됩니다."

〈바나르간드〉 차장의 목소리에서 웃음기가 사라졌다.

[……뭐라고?]

"여기 방어는 맡기겠습니다. 이쪽은 본대 요격에 나갑니다. 진군하는 선두를 깨뜨리면 조금은 기세를 꺾을 수 있으니까요."

[잠깐, 소위! 그건──.]

"교신 종료. ──전대원들."

일방적으로 무전을 끊고 지각동조로 호출했다. 멈춰선 〈바나르간드〉를 무시하고 〈언더테이커〉의 방향을 돌렸다.

선발대에게 총알받이를 시키고 움직이기 시작한 《레기온》 본대
——머나먼 여기서도 귀를 막게 되는 폭풍 같은 한탄의 소리들이 휘몰아치는 대군을 향하여.

대답은 일제히 돌아왔다. 가쁜 숨을 누르고 담담히, 때로는 매서운 웃음의 기운을 띠면서.

"들었겠지. ——죽기 싫으면 따라와라."

†

《레기온》 본대가 습격, 그걸 전후하여 전선에 도착한 연방군 기갑부대가 견고한 방어선을 구축, 막대한 무리의 해일과 견고한 기갑의 벽이 맞부딪치는 전황은 그대로 일진일퇴의 교착상태에 빠졌다.

날이 밝으면서 총을 쥔 손이 육안으로도 볼 수 있게 되면서 누군가가 깨달았다.

그 빛은 붉었다.

참호 안에서, 무너진 건물을 바리케이트 삼아 그 그늘에서, 비좁은 펠드레스의 콕핏 안에서, 총화를 주고받는 사이사이 병사들은 하늘을 올려다보았다.

하늘은 새빨갛게 물들어 있었다.

모든 하늘을 뒤덮은 방전교란형의 날개에 아침노을의 빛이 난

반사하고 굴절하여, 밝았을 터인 하늘은 핏빛을 띤 붉은 어둠으로 불타듯이 봉쇄됐다.

붉은 하늘 아래, 전투는 아직도 계속됐다.

그림자로 만든 그림처럼 시커멓고, 폐허의, 참호의, 쓰러진 잔해의, 사체의 산의 윤곽이 붉은 빛을 가르고, 그 한가운데에서 아직도 기계의 마물과 인간의 사투가 끊임없이 계속됐다. 화염과 피를 토하고, 쓰러져서 움직이지 않는 그림자로 변하고, 적색과 흑색으로 물든 세계를 더욱 붉고 검게 덧칠하며.

그것은 지옥 같은 광경이었다.

적색과 흑색의 지옥 안, 하얀 악몽을 본 자가 있었다.

그것은 선명한 환시처럼 번쩍이며 질주하는 하얀 악몽.

전장의 먼지와 자잘한 찰과상으로 더러워져서도 새하얀, 발키리의 이름을 가진 목 없는 해골이다.

거기가 함락되면 주변 방어선 전체가 함께 무너지는, 그런 중요 거점에서 그 녀석들은 싸웠다. 밀려드는 《레기온》의 대군을 상대로 한 발짝도 물러나지 않고, 미친 야수가 서로 물어뜯는 듯한 난전과 상반되는 정확성으로 적기의 위치를 특정한 포격으로 그 대군을 매장하면서.

다른 부대에서 들어오는 구원 요청은, 혹은 이제 됐으니까 물러나라고 하는 목소리는 녀석들의 귀에 전혀 들어가지 않았다. 끝없는 《레기온》의 군세를 상대하면서 구원에 병력을 쪼갤 여유는 아무리 그들이라도 없고, 자기들이 뭉개지더라도 물러날 수 없음을 그들은 잘 알고 있었다. 또한 과거에 조국의 지뢰밭으로 퇴로가 끊겼던 전장에서 싸워온 그들에게 퇴각이라는 생각은 애초에 없었다.

격파된 《레기온》의 잔해가 겹겹이 쌓이고, 그걸 발판이나 차폐물로 삼으면서 그들은 계속 싸웠다.

하지만 싸우고 있으면 탄약은 떨어진다. 에너지팩도 고갈된다. 하물며 기동성능을 추구하며 경량화의 극에 달한 〈레긴레이브〉는 휴대 가능한 탄도 적다. 후방의 기지에서 수송되어 오는데도 부족한 그것들을 〈레긴레이브〉는 격파한 동료기의 잔해에서 긁어모아 보충하고, 따라다니는 기계 〈스캐빈저〉가 동료의 사체를 훑어서 뜯어온 그 내장을 거점 주변에 쌓았다.

제국 여명기의 아득한 옛날부터 대대로 국경 전투속령에 살며, 전장이야말로 고향이 된 옛 전투속령 병사들은 그 싸움에 감탄했다.

든든한 전우가 또 늘었다고, 사투 도중에 입가에 미소를 짓기도 했다.

하지만 수많은 연방군의 장병은 그렇지 않았다.

전장에서 입수한 광학 정보를 데이터링크로 수령한 지휘차나 발령소에서, 장갑보병인 병졸이, 오퍼레이터인 사관이, 지휘관인 상급사관들이 일제히 망연히 신음했다.

"에이티식스…… 저게……!"

그것은 조국일 터인 공화국에서 인간형 돼지 취급을 받고, 공화국의 손에 전장에 버려진, 아직 소년인 동포들.

불쌍한 아이들이라고 생각했다.

인권을 박탈당하고, 자유를 빼앗기고, 가족도 고향도 이름조차도 빼앗겨서. 아직 제대로 성장도 하지 않은 채로 전장에 보내져서 필사적으로 싸운 끝에 무의미한 전사를 명령받은 아이들. 그러니까 하다못해 연방에서 행복하게 살도록 해 주고 싶다고, 모두가 그렇게 생각했다.

하지만 그들은 그 기도를 스스로의 손으로 내버렸다.

스스로 전장에 돌아와서, 이렇게 가장 위험한 전장에 앞장서서 몸을 던진다. 싸울 이유 따윈 하나도 없다. 지켜야 할 조국도 가족도 이념조차도 그들에게는 없는데. 결국 녀석들은 아무것도 지키지 않는다. 도움을 청하는 우군의 목소리는 그대로 무시하고, 동료기의 사체를 집어삼키며 전투를 계속한다. 그저 전투를—— 의미도 이유도 없이 그저 전투만을 추구하는 것처럼.

그들은 박해로 상처 입고 모든 것을 빼앗긴, 천진무구하고 가엾은 아이 같은 게 아니다.

저기에 있는 것은 괴물이다.

전장의 무자비함과 공화국의 악의 때문에 만들어진, 인간의 모습을 한 살육기계. 주어진 자비도 구제도 이해하지 못하는 전장의 악마. 인간으로서 태어났으면서 저렇게 뒤틀린 것은 그들의 죄가 아니지만. 그래도 뒤틀린 마음을—— 구제할 방법은 이미 존재하지 않는다.

"괴물……."

당사자인 에이티식스들이 들을지도 모르는 무전에 흘린 그 중얼거림을 나무라는 자는 이미 아무도 없었다.

†

즉응예비부대의 대형 수송기 집단이 FOB15 주변에 착륙하고, 다급히 내린 기갑부대와 기계화 보병부대가 전선을 향한 것이 얼마 전이다.

파란 우군 유닛의 광점이 대폭 늘었다. 적색과 청색의 광점이 깜빡이면서 모자이크처럼 뒤섞인 메인스크린을 노려보던 그레테는 문득 여태까지 없었던 붉은 광점의 움직임을 깨달았다.

뒤섞여있던 적색과 청색이 분리된다. 모래시계의 모래가 떨어지듯이 붉은 색채가 스크린 서쪽, 그들이 지배하는 영역 쪽으로 흘러나간다.

"──《레기온》이⋯⋯."

시간 감각은 이미 옛적에 마비됐다.

광학 스크린에 비친 외부 모습은 언제나 붉고, 쓰러뜨린 적의 숫자도 남은 적의 숫자도 기억하지 않는다. 습격과 습격 사이에 전투 양식인 고형식량을 씹고, 극히 짧은 시간 눈을 감을 뿐인 휴식을 취한다. 작전도 책략도 없고, 무리 지은 《레기온》을 한쪽부터 두들기는 전투라고도 할 수 없는 원시적인 사투.

적아군의 식별은 가까스로 가능하지만, 그래도 이 이상 오래 끌면 어떻게 됐을까.

비가 내린다고 깨닫고서 신은 시선을 들었다.

〈저거노트〉의 청음 센서가 잡은 화이트 노이즈와 장갑을 두드리는 희미한 빗소리. 전장의 소음 속에서는 너무나도 희미한 정적의 소리.

피로로 둔해진 사고가 상당한 시간을 들여서 그 소리가 들리는 이유를 떠올렸다.

《레기온》들이 철수를 시작했다.

한탄의 소리가 멀다. 장거리포병형이 날리는 견제사격과 추격부대의 전투음만이 단속적으로 울린다.

이미 충분히 오랫동안 닫고 있었던 것 같은 캐노피를 열고, 조용하게 내리는 가는 비에 몸을 드러내며 길게 숨을 내뱉었다.

희미한 비구름 틈새는 붉고, 지금이 북쪽 여름의 느지막한 저녁 무렵이라고 그에게 알려주었다.

"──전대원들."

목소리는 다소 메말랐다. 목의 갈증을 이제야 의식했다.

응답하는 목소리는 출격시보다 훨씬 적었다. 피로 때문에 숨이 가빠서 대답할 여유가 없는 자도 있고, 필요는 느끼지 않아서 대답하지 않는 자도 있었다.

두 번 다시 대답할 수 없는 자 또한.

"《레기온》은 전부 퇴각을 개시했다. ──우리도 귀환하자."

격납고의 대기 위치에 〈언더테이커〉를 세우고 내리자, 프레데리카가 서 있었다.

잠들지 않았는지 눈 주위가 붉었다. 항상 누군가가 빗겨 주는 긴 머리칼도 푸석푸석해서 엉망이었다. 설마 출격한 직후부터 기다렸던 것은 아니겠지만.

시선이 마주치자 어린 얼굴을 마구 찌푸렸다. 안도한 것처럼, 동시에 매우 힘들어 하는 것처럼 눈시울이 젖고, 더는 못 견디겠다는 듯이 매달렸다.

"신에이. 이 바보가."

의미를 알 수 없었다.

그러면서도 어쩐 일로 군모를 쓰지 않은 작은 머리에 손을 뻗은 것은 완전히 무의식이었다. 푸석푸석한 흑발을 가볍게 쓰다듬자, 매달리는 작은 손에 힘이 들어갔다.

"그대는, 키리와 똑같다. ──이 바보가."

†

《레기온》의 재공격에 대한 경계는 예비부대에 넘겼지만, 서방 방면군 사령관들에게는 아직 할 일이 많았다. 이 전투로 사라진 장비와 병력의 보충 준비. 부상자와 전사자의 후송. 방어시설의 보수. 전투 분석. 그리고 논공행상.

일단 칭찬해야 할 것은 기대되던 것보다도 훨씬 빠르게 적습을 탐지하고 다른 전역에도 정확하게 색적범위를 지시, 그 결과 서부전선을 붕괴의 우려에서 구해낸 정찰기 관제관이라는 점에서 사령관들의 의견은 일치했다.

그런데 당사자인 관제관에서 다른 말이 나왔다.

문제의 범위를 탐색시킨 것은 자기가 아니다.

그 지점을 탐색하라고 설득하러 온 사관이 있었다. 선발대의 발견도 다른 전역에 대한 지시도 그 설득에 응한 것이고.

공적은 그 사관의 것이다.

"──관제관은 온당한 표현으로 끝냈지만, 실제로는 상당히 폭력적인 수단을 썼다는 모양이군, 신에이 노우젠 소위."

제국 시대의 설비와 장식품이 그대로 남은 사령관 집무실에서 중후한 마호가니 책상 앞에 앉아 소장은 말했다. 주르륵 매단 약장과 목에 건 십자훈장. 없어진 한쪽 눈을 덮은 검은 안대.

"연방 군인의 총은 모름지기 적에게 향해야만 하는 것이고, 동포를 협박하기 위한 것이 아닌데. 설령 실제로 총구 그 자체는 향하지 않았다고 해도 말이다."

"……적기 발견의 공적은 그 사죄였습니다만. 말하지 않으면 승진에 보탬이 됐을 텐데요."

담담하게 대답하는 소위가 눈을 가늘게 뜨고, 배후에서 그레테가 이마를 누르는 기척이 있었다.

그 중간, 책상 앞에서 '쉬어' 자세로 선 신은 눈썹 하나 까딱하지 않았다. 독단전행들과 군기 위반. 필요했던 행위라고 해도 힐문도 징벌도 오히려 당연하다.

위반 내용을 볼 때 구속은 당할 거라고 생각했는데, 여태까지 심문 정도로 끝난 것은 어떻게 다루어야 할지 알 수 없었기 때문일까.

가죽의자를 돌려서 옆을 향하고 태블릿 단말을 훑은 소장이 한쪽 눈뿐인 시선을 들었다.

"헌병대의 청취에 제법 재미있는 대답을 했군. ……《레기온》들의 목소리가 들린다. 그래서 놈들의 위치를 안다, 라."

견딜 수 없다는 듯이 그레테가 끼어들었다.

"소장님. 믿기 어려우시겠지만, 사실입니다. 레이드 디바이스를 통해 노우젠 소위와 청각을 동조한 대원들에게서 뒷받침이 되는 증언이 올라왔고……."

"누가 발언을 허락했나, 중령. 그런 능력자가 존재한다는 건 알고 있다. 증언도 확인했다. 하지만 그것만으로는 이번 사건을 증명할 수 없다."

수중의 정보단말을 조작하여 책상 위에 전역 지도를 표시시켰다. 홀로그램 지도의 맞은편에서 칠흑색 눈동자가 이쪽을 보았다.

"어디에 있지. ——근처에 있는 것부터 열 곳을 찍어봐라."

힐끗 시선을 준 곳, 천장 부근에 숨겨놓은 감시카메라가 있고, 더불어서 이쪽에게 화면이 보이지 않도록 손에 든 태블릿 단말과 머리카락 속에 숨겨둔 헤드셋. 레이더로 포착한 정보와 리얼 타임으로 맞추어 보며 확인할 생각인 모양이다.

원리는 둘째 치고, 진위를 증명하려면 그게 제일 확실하겠다고 속으로 탄식했다.

"……실례하겠습니다."

제일 가까운 집단의 위치를 지도상에서 찾고, 그것을 토대로 지정된 열 곳을 순서대로 표시했다. 《레기온》의 위치는 거리도 방향도 정확하게 잡아낼 수 있지만, 그것은 일반적인 거리 단위로 인식하는 게 아니라. 익숙한 공화국의 전투구역 범위라면 모를까, 그보다 훨씬 먼 사단용 전역지도에서는 감각적으로 바꾸기 어렵다.

일곱 번째에서 소장이 살짝 눈을 치뜨고 헤드셋에 뭐라고 명령한 것은 파악하지 못한 《레기온》 집단이었기 때문일까.

대답을 마치고 원래 자리로 물러나자, 소장은 길게 탄식했다.

"……한 가지 물어보고 싶은데."

잠시 생각할 시간을 둔 뒤에 입을 열었다.

"자네, 왜 이런 짓을 했지? 결과적으로 그걸로 서부전선을 구했다고 해도 자네 자신의 입장은 상당히 위험해지는 짓이라고 설마 몰랐던 건 아니겠지. 왜 일부러 위험을 감수했지?"

"정규 수속을 밟으면 요격이 늦을 거라고 판단했습니다. ……그리고 그때는 같은 말을 해도 믿어 주지 않았겠지요."

"그걸론 대답이 안 된다. 자네 자신의 몸을 생각하지 않았다고 들었다. ……경보장치로서, 실험동물로 간주될지도 모른다고, 에이티식스인 자네가 생각하지 않았을 리 없겠지."

실제로 인간형 가축으로 조국으로부터 버림받은 에이티식스가.

"예. ……하지만 그러다가 《레기온》에게 패배하면 아무것도 안 남습니다."

소장은 몇 초 동안 침묵했다.

"그래. ——적을 없애기 위해선 자기 몸을 아까워하지 않는다. 그게 그들, 에이티식스인가. 그야말로 얼음칼이로군. 적을 베어 죽인 뒤에는 그대로 부러져도 좋단 말인가."

눈썹을 쳐들며 뭐라고 하려는 그레테에게 귀찮다는 듯이 한 손을 들어 제지시키고 소장은 말했다.

"이번 건은 불문에 부치지. ……앞으로도 이러한 위기를 탐지했을 경우, 자네에게서도 보고가 올라오기를 기대해도 좋겠지?"

"예."

"중령, 그때는 자네가 듣게. 긴급하면 직접 내게 보고해도 상관없다. 부관에게는 말해두지."

사령관 집무실을 나오자마자 그레테가 한숨 섞어 입을 열었다.

"너무 가슴 졸이게 하지 말아줘, 소위. 내용도 그렇지만, 장성에게 그런 식으로 말하면 안 되잖아."

"죄송합니다."

"정말이지……. 그리고 앞으로는 자기 몸을 지킬 생각도 좀 해. 결과적으로 그게 주위를 지키는 것으로 이어지니까. ——노우젠 중위."

쳐다보자 그레테는 어깨를 으쓱였다.

"위쪽 계급이 줄줄이 죽었어. 연방군에선 흔히 있는 일이야."

그녀 자신도 무리한 야전임관이 거듭된 끝에 20대 후반에 얻은 중령 계급장을 옷깃에 빛내면서 쓴웃음을 지었다.

"당신은 애초부터 사실상 중대 지휘관으로 활약했으니까 마침 잘됐어. ……사실은 하나 더 높은 걸로 달아주고 싶었지만, 이번 일로 상쇄."

"……."

"조금은 기뻐하든지 아쉬워하든지 해. 실감은 없겠지만, 아무튼 급료는 올라."

필요경비는 공제되고, 기타 쓸 곳도 없으니 그런 말을 들어도 실제로 아무런 감흥도 없었지만.

그레테가 쓴웃음을 지었다.

"정말이지……. 내가 할 말은 이상이야. 수고했어, 중위."

"……실례하겠습니다."

집무실로 돌아가는 그레테와 헤어져서 융단이 깔린 긴 복도를 걸으면서 마음속으로 탄식했다.

아무튼 저번 전투에서 괴멸적인 손해를 입고 전선 방어는 예비 부대에게 맡기고 재편 중인 서방방면군에는 딱히 할 일이 없다. 일단 며칠 동안의 심문으로 거의 확인하지 않은 자기 부대의 상황을 확인하려고, 일시적으로 다시금 사령부 기지로 돌아간 노르트 리히트 전대의 막사로 발을 옮기려고 했다.

그때 신은 달려오는 가벼운 발소리를 깨달았다.

시선을 들자 프레데리카였다. 딱딱한 군화 바닥으로 융단을 밟고, 전투 중의 긴장이 풀어진 지금 기지 분위기와는 전혀 어울리지 않게 필사적인 얼굴로 달려왔다.

어딘가 먼, 이쪽을 향하는 시선의 기척을 지각했다.

증오로 얼어붙은 검은 눈동자.

[――죽여 주마.]

좌악 하고 등골이 얼어붙었다.

왜―― 잊고 있었을까.

두 번 조우했다. 《레기온》의 비장의 카드로 인식했을 터였다.

그런데도 무의식중에 위협으로서의 인식에서 배제했던 것은.

그것에게 전역 후방의 요새가, 나라가, 인류 그 자체가 전멸하더라도, 자기와는 아무런 관계도 없다고, 마음속 어딘가로 생각했기 때문이다.

적으로만 둘러싸인 전장을 고향으로 삼고, 눈앞의 적과 대치하고, 언젠가 그 적의 손에 걸려 죽는, 에이티식스인 자신들에게는

――.

86구의 전장에서. 나는 진정한 의미로 빠져나오지 않았다고 자각했다.

프레데리카가 외쳤다.

"엎드려! 키리가――."

초고속탄이 대기를 찢는 비명과 초중량이 고속으로 착탄하는 충격은 거의 동시.

창밖에 섬광이 퍼졌다.

시야를 하얗게 덧칠할 정도의.

　너무나도 커서 아예 무음으로 들리는 대음향이 낙뢰처럼 대기를 찢고, 수반하는 충격파가 요새 전체를 흔들었다.

막간 When "John Doe" comes marching home

[──북부전선 제1구 제1전대 〈슬래지해머〉가, 이 무전을 듣는 모든 에이티식스, 프로세서에.]

옆에 쓰러진 저거노트는 전투 중량 50톤을 넘는 전차형의 맹렬한 발차기에 포신도 장갑도 심하게 망가져서 두 번 다시 움직이지 않는다.

압궤된 기체에서 억지로 기어 나온 그 자신도 망가진 우반신을 끌고, 전투구역 외곽의 오래된 다리의 무너지다 남은 석조 난간에 등을 기대는 게 고작이다. 눈을 뜨고 있기도 힘들다. 밤눈으로도 확연한, 메마른 뼛색인 장갑에 흠뻑 칠해지고 자기 몸 바로 밑까지 이어진 선혈의 붉고 어두운 색깔.

"여기는 슬래지해머 전대장, 〈블랙버드〉다."

전대의 동료들은 전원 전사했다.

같은 구역의 다른 전대들도 지금은 생존자가 있긴 할까.

부딪치는 순간 끝났다고 말해도 좋았다.

애초부터 《레기온》은 〈저거노트〉 따위는 비교도 안 되게 압도적인 고성능을 자랑한다. 그것이 땅 끝까지 쇳빛으로 물들이는, 처음 보는 정도의 대군세로 갑작스럽게 공격해 왔다면 숫자에서 뒤지는 그들로서는 승산이 있을 리도 없다.

그래도 그들은 출격했다. 배후에 있는 것은 지켜야 할 조국 같은 것이 아니고, 그 곁으로 돌아가야 할 가족도 이미 없다.

그래도 싸운 것은.

"우리의 전쟁은 끝났다."

그것이 그들 에이티식스에게 남겨진 유일한 긍지였기 때문이다.

빛바랜 장갑으로 달빛을 살짝 반사하고 금속 몸뚱이의 막대한 중량을 부조리할 정도로 거의 소리 없는 발소리로 구동시키면서 전차형 한 대가 그에게로 다가왔다.

살아남은 쥐새끼 하나를 짓뭉개는 데에는 총탄 하나도 아까운 건지, 위압적인 12.7mm 중기관총도 흉악하기 그지없는 120mm 전차포도 이쪽을 조준하지 않았다. 육식동물의 오만함과 느긋함으로 다리를 그 거구로 점거하면서 전진해 왔다.

밀려오는 쇳빛을 꿈쩍도 하지 않고 올려다보면서 그는 희미하게 웃었다.

오픈 회선의 무전 너머, 단방향 통신으로 송신 상태인 채로 말했음에도 불구하고 그 너머에서 수많은 에이티식스의 동포들이 귀를 기울이고 있음을 왜인지 알았다.

"듣고 있나, 프로세서들. 싸움을 헤쳐 나온 자들. 살아남은 자들. 간신히—— 퇴역이다. 우리 모두 고생했다."

구원도 보상도 존재할 리 없다. 아무리 발버둥 쳐도 죽는 것 말고는 길이 없는 이 지옥, 전사자 0의 전장에서.

해야 할 말을 다하고 무전을 끊은 뒤 헤드셋을 내버렸다. 그 대신이라는 듯이 망가진 오른손으로 움켜쥐고 있던 조악한 리모컨 장치를 왼손으로 다시 들고 쳐들었다.

전차형이 다가왔다. 눈앞으로. 다리의 돌무더기에 몸을 기댄 그의 눈앞의── 다리 위에.

5년 전. 처음으로 배속된 전대의 전대장은 과거 공화국 정규군의 생존자였고, 그대로 전장에 버려진 에이티식스였다. 싸우는 법이나 살아남는 법, 이것을 쓰는 법을 가르쳐 주었다.

하얀 돼지 중에는 이런 짓이 가능한 사람이 이제 한 명도 없다.

불타 문드러진 입술과 피부가 갈라지는 것도 개의치 않고, 그는 아주 마음 편하게 웃었다.

절망에 굴하여서 사는 것을 포기하진 않는다. 증오로 긍지를 더럽히진 않는다.

그러지 않기로 스스로 정했고 여태까지 싸우며 살아남았다.

하지만 마지막에 이런 말 정도는 용서되겠지.

짓밟아버리려고 머리 위로 다가온 강철의 다리를 올려다보며 웃는 채로 기폭 스위치를 눌렀다.

싸움을 내던지고, 현실에서 눈을 돌리고, 그렇기에 저항하는 법도 모른 채 이렇게 자기가 죽는 법을 선택할 수도 없는, 꼴사납고 비참한 공화국의 하얀 돼지들.

"──꼴좋다."

교각에 장치했던 플라스틱 폭탄이 작동.

도하의 요충지인 낡은 다리와 육전의 패자인 강철의 야수가 전
사자 한 명으로 계산되지도 않는 에이티식스와 함께 폭발에 휘말
려서 어둠 속 강물에 떨어졌다.

　공화력 368년 8월 25일. 23시 17분.
　그 경보가 국군 본부에 울려 퍼졌을 때, 핸들러 공용 오피스에
있던 그 누구도 그 경보를 이해할 수 없었다.
　어떤 의미로는 무리도 아니다.
　그것이 설정된 것은 이미 10년 가까이 된 과거 이야기.
　그들 전에 국방을 떠맡았던, 그 임무에 목숨을 바치고 후방요원
에 이르기까지 전투에 임하여 섬멸됐던 공화국 정규군이 이 경보
만큼은 무슨 일이 있어도 울리게 하지 않겠노라는 불퇴의 각오를
하면서 설정한 것이니까.
　브리핑용의 거대 홀로스크린이 자동으로 기동. 벽 하나를 가득
메우는 홀로그램 스크린이 밤의 어둠과 전파방해로 껌뻑이면서
조악한 영상을 내보냈다.
　의아하게, 혹은 시끄럽다는 듯이 스크린을 올려다보는 동료들
중에서 유일하게 정체 모를 긴박감에 목이 메면서 레나 또한 그
영상을 올려다보았다.
　하늘을 찌를 정도의 높이부터 지표에 이르기까지 무참하게 붕
괴된 장갑판과 작은 집이라면 그대로 메워버릴 정도로 두꺼운 콘
크리트벽 건조물.

건조물이 너무나도 거대해서 협곡 같은 파괴의 흔적을 뛰어넘는, 막대한 정도를 뛰어넘는 쇳빛의 탁류 같은――― 살육이라는 기능을 극한까지 갈고 닦은 흉흉한 다각기계의 대군세.

전율이 등골을 타고 올라왔다.

"이게 뭐야. 영화인가? 재미있는데."

"그보다 누가 경보를 꺼. 시끄럽잖아."

그 녀석들을 본 적이 없기 때문에 현기증이 일 정도로 느긋한 동료들 사이에서 비틀거리듯이 한걸음 물러났다.

10년 동안 에이티식스에게만 전쟁을 떠넘기고 거짓 평화 속에 갇혀서 눈과 귀를 틀어막은 공화국 시민은 군인조차도 그들의 적을 본 적이 없다. 여기에 있는 이들 중에서 그 녀석들의 모습을 아는 것은 실제로 목격한 레나뿐이다.

6년 전 돌아가신 아버지와 함께 방문했다가 아버지를 잃고 레이에게 구조됐던 최전선에서.

그리고 딱 1년 전. 스피어헤드 전대를 원호하기 위해 라이덴과 동조한 시각 속에서.

탁류의 선두에서 군세를 선도하는, 피라냐처럼 예각적인 외모는 척후형.

여섯 개의 다리의 경이적인 운동능력으로 붕괴한 벽의 불규칙한 단면을 발판 삼아 뛰는 것은 근접엽병형.

120mm 전차포의 포구로 사방을 노리면서 질서정연한 대오로 질주하는 전차형.

그 초중량으로 잔해를 짓밟고 걸어차면서 아무도 없는 옥토를 마음껏 맹진하는 중전차형.

튼튼함 하나만을 추구했기에 거친 모습을 했지만 무참하게 무너진 건조물은——저것은 그랑 뮬.

이건.

최종방어선 함락의 경보다.

"......!"

드디어——온 것이다.

방전교란형의 전파방해 그늘 밑에서 전력을 증강한 《레기온》이 공세로 나서는 날. 덧없는 꿈속에 갇혀서 현실에서 눈을 돌린 공화국이 그 태만 때문에 멸망하는 날이. 과거에 신이 남긴 예언대로.

《레기온》들은 계속해서, 계속해서, 계속해서 붕괴한 그랑 뮬을 넘어온다.

이미 막을 자도 없는 85구 안으로. 영원한 안녕으로 가득할 터였던, 스스로를 지키며 싸우는 방법조차 잊은 산마그놀리아 공화국에.

아마도 태반은 〈검은 양〉이겠지. 전사자의 뇌 구조를 넣음으로써 정해진 수명을 극복한 《레기온》들. 공화국이 전장에 버리고 소비하고 매장조차 하지 않았던 수백만의 에이티식스들. 그 망령의 무리.

망령의 군세가 귀환한다.

무너진 요새 벽의 틈새, 강철의 해일과 밤의 어둠 너머 저 멀리에서 뭔가가 빛났다.

깊고 어두운 숲 속, 인간을 바닥없는 늪으로 유인한다는 도깨비불처럼 파랗게 반짝인 그것은 광학 센서의 빛이었다.

달빛에 그 실루엣이 살짝 물들었다. 원근감이 망가질 정도로 거대한―― 빌딩이나 신화의 괴물처럼 기다란 그림자.

그 앞쪽의 절반을 들어올렸다.

홀로스크린의 영상을 뒤흔드는 노이즈가 왜인지 심해졌다.

갑작스럽게 깨달았다.

거인이 몇 번이나 때리고 억지로 박살낸 것처럼 부서지고 무너진 그랑 뮬의 참상.

저건―― 포격에 파괴당한 것이다.

섬광.

그 직후에 영상이 소실. 홀로스크린이 껌뻑이고 암흑으로 물들었다. 카메라가…… 그게 설치된 장소가 아마도 그것의 포격으로 날아갔다.

경보는 그치지 않는다.

그때.

제1전구의 전장에서 스피어헤드 전대가 조우했고 동부전선 최정예인 그들이 손쓸 수 없이 철수할 수밖에 없었던 그것. 화포로는 불가능할 정도로 이상한 초고속과 초장사정, 막대한 위력의 포격을 비처럼 퍼붓는 저 신형 초장거리포.

"――전자가속포."

중얼거리다가 굳게 입술을 다물었다.

여전히 위기감이 없는, 다소 의아하게 여길 뿐인 동료들 중에서 혼자 결연하게 발길을 돌려서 오피스를 나갔다. 뚜벅뚜벅 군화소리를 내면서 쪽세공된 복도를 서둘러 걸어서 자기 관제실로 향했다.

지잉 하고 레이드 디바이스가 환각의 열기를 띠었다.

지각동조가 기동한다. 상대는 연구부의 한곳과 아득히 머나먼 〈여왕의 가신단〉의 구역.

[레나! 지금 경보는……!]

[일단 말은 하지, 여왕 폐하! 북부전선이……!]

"그래, 아네트. 키클롭스. 파악하고 있어. ──드디어 왔어."

레이드 디바이스의 설정을 변경. 동조 가능한 모든 대상을 선택, 접속을 개시. 본래 핸들러가 동조 가능한 1개 전대만으로 부족하다는 이유로 아네트에게 협력을 얻어서 1년 걸려 넣은 비밀설정.

공화국이 전장에 버리고 소비했던, 헤아릴 수 없을 정도로 많은 에이티식스의 망령들의 군세.

저항하려면 이쪽도 모든 전력을 집결할 필요가 있다.

저항하기 위해서.

마지막으로 그들이 남기고 간 말에 응하여, 살아남기 위하여.

"──〈선혈의 여왕〉^{블러디 레지나}이, 모든 전선의 프로세서에!"

연방군 식별명, 전자가속포형.[모르포]

　단 한 기만으로 그랑 뮬을 함락하고 연방군의 요새기지를 불태운 신형 《레기온》——— 이것이 관측된 영상이 붕괴한 국군 본부 안에서 처음으로 발견됐다.

(계속)

작가 후기

파일럿 슈트 따위 장식입니다! 안녕하세요, 아사토 아사토입니다.

저는 언제나 "이른바 '파일럿 슈트'는 어째서 '몸에 딱 달라붙는 전신 타이츠 형태'여야만 하는가?"라며 신기하게 생각했습니다.

물론 여러 기능, 설정은 있습니다만, 파일럿 슈트가 그 형태가 될 필요성은 없지 않아? 특히나 육전 전용이나 거기에 가까운 로봇은 실제 전차병 같은 탱커즈 재킷으로 하면 왜 안 되는데?

아니, 알고는 있거든요? 파일럿 슈트 차림의 여자는 귀엽습니다. 귀여움은 정의입니다. 하지만 이 작품의 주인공인 신은 남자입니다……!

그런고로 이 작품 『86 –에이티식스–』에서는 일부러 파일럿 슈트가 아니라 야전복 차림으로 탑승시켰습니다. 이번 권부터는 * 판처 야케입니다만.

다행스럽게도 1권을 수정할 때 '가능하면 파일럿 슈트는 피하고 싶습니다만…….'라든가, 2권 플롯에서 A4용지 절반을 들여서 '파일럿 슈트는 싫어어어어어!'라는 식으로 이상한 주장을 거

---

* 판처 야케 : 영어로 번역하면 탱크 재킷.

듭한 제게 마음 착한 담당자님은 쾌히 승낙해 주셨습니다. 아자!

그리고 '하지만 레나의 파일럿 슈트는 한번 보고 싶다.' 라는 의견도 일치했으니까, 여성 파일럿 슈트 애호가는 기대하시면서 느긋하게 기다려 주세요.

아뇨, 주의주장은 흔들리지 않습니다. 귀여움은 정의, 여자 파일럿 슈트는 정의입니다.

자.

다시 인사드립니다, 2권입니다!

이어졌습니다! 속권이 나왔습니다!! 이것도 독자 여러분들의 뜨거운 응원 덕분입니다! 감사합니다!!

그리고 죄송합니다, 느닷없이 상하권입니다.

당초에 한 권으로 예정했습니다만, 써야 할 것과 쓰고 싶은 것을 꽉꽉 채웠더니 예정보다 대폭 길어져버려서…….

내용면으로는 1권 종장에서 한 명이 말했던 여러 일 중 머릿수 많은 쪽의 여러 일에 대한 이야기입니다. 또한 1권은 말하자면 레나 시점의 이야기였던 것과 달리 2, 3권은 신에게 포커스를 맞춘 이야기입니다.

이 작품의 타이틀은 『86 –에이티식스–』입니다.

공화국이 붙인 멸칭일 터인 그 이름이 공화국의 전장에서 탈출한 뒤에도 왜 타이틀에 붙어 있는가. 애초에 에이티식스란 무엇인가. 오히려 2권부터 시작된다고 해야 할 그와 그녀의 이야기를 통해 쓸 수 있기를 바랍니다.

이번에도 주석일까요.

· 저거노트 주포

작중에 저거노트 주포인 88mm 포에 '랏츄 밤' 이라는 독음을 달았는데, 현실세계에서 '랏츄 밤' 은 주로 소련의 76mm 대전차 포의 애칭인 모양입니다.

왜 얌전히 88mm포의 애칭을 쓰지 않았냐고요? 제2차 세계대 전 독일의 8.8cm 포, Flak36의 애칭을 검색한 뒤 이 책의 표지나 커버의 날개를 봐 주세요.

⋯⋯이해되셨지요? 생각 없이 펜네임을 정하면 나중에 고생한 다는 전형적인 사례입니다.

· 타이틀

펜네임에 이어서 여기저기서 질문을 받은 타이틀 〈86〉의 유래.

이것은 영어의 슬랭 중 '출입 거부' 나 '출입금지 손님' 이란 의 미. 나아가 '배제', '처분', '살해' 등의 의미가 됩니다.

마지막으로 감사의 말을.

초기 플롯에서 마구마구 변해 가는 원고와 길을 잃은 제 곁에 끈 기 있게 함께 있어 주시며 정확한 지적을 해 주신 담당 편집자 키 요세 님, 츠치야 님.

살벌한 본편을 아름다운 일러스트로 채색해 주신 시라비 님. 이 번에도 신 여성 캐릭터가 많아서 화사하네요!

제 취미로 가득한 영문 모를 설정을 멋지고 강력한 새 〈저거노트〉로 완성시켜 주신 Ⅰ-Ⅳ님. 3권의 그 녀석도 기대하고 있습니다.

그리고 이 책을 손에 들어주신 당신. 하권도 열심히 집필하고 있으니, 최대한 빨리 3권 「-Run through the battlefront- (하)」에서 만나 뵙지요!

그럼 해가 태어나는 곳을 목표로 한 여로에. 북쪽 군사대국의 여름 전장으로. 쇠와 피가 튀는 전장을 다시금 내달리는 그들에게로. 당신을 잠시나마 데려갈 수 있기를.

후기 집필 중 BGM : Run Through The Jungle
(Creedence Clearwater Revival)

86 -에이티식스- 2

2018년 09월 25일 제1판 인쇄
2024년 01월 24일 제8쇄 발행

지음 아사토 아사토 | **일러스트** 시라비

옮김 한신남

발행 영상출판미디어(주)
등록번호 제 2002-000003호
주소 21311 인천광역시 부평구 평천로 132 (청천동)
대표전화 02-2013-5665

ISBN 979-11-319-8868-8
ISBN 979-11-319-8539-7 (세트)

86 -EIGHTY SIX- Ep. 2
ⒸASATO ASATO 2017
First published in 2017 by KADOKAWA CORPORATION, Tokyo.
Korean translation rights arranged with KADOKAWA CORPORATION, Tokyo,
through Korea Copyright Center Inc.

구매 시 파손된 도서는 구매처에서 교환하실 수 있습니다.
기타 불편사항, 문의사항이 있으신 독자님께서는 노블엔진 홈페이지
[http://novelengine.com] 에서 Q&A 게시판을 이용해 주시기 바랍니다.

노블엔진(NOVEL ENGINE)은 영상출판미디어(주)의 라이트노벨 및 관련서적 브랜드입니다.

[NEXT]

Ep.3

EIGHTY SIX

The number is the land which isn't admitted in the country.
And they're also boys and girls from the land.

—— Run through the Battlefront —— 《하》 —— 〈下〉

전자가속포 탑재형 《레기온》——
프레데리카의 기사 키리야의 증오가
담긴 공격으로 신이 있는 기아데 연방군
서부전선은 붕괴 위기에 빠지고, 레나가
남은 산마그놀리아 공화국은 최종방어
선〈그랑 뮬〉을 돌파당했다.

　기아데 연방군은 신속하게 전자가속포
의 공격을 저지하기 위해 그 초장거리 사
정권에 들어가고자 어느 작전을 실행에
옮긴다. 그것은 신 일행〈에이티식스〉들
을 '창끝'으로 삼는, 인류 최대 규모의
일대공세작전이었다.

　형에 대한 집착과 정념을 잃고 살아갈
목적을 잃어가던 신은 과연 그 작전 속에
서 무엇을 볼 것인가.

　그리고 공화국군의 지휘관으로 《레기
온》의 대군과 맞서게 된 레나는——.
전쟁이라는 이름의 격류는 두 사람의
마음을 삼키고, 그저 계속해서 가속한
다……!

2018년 12월 출간예정!

〈사는 이유를 찾는 저승사자〉.
모순된 그 의지가 부르는 것은 기적인가.
아니면——.

ASATO ASATO PRESENTS　　　ILLUSTRATION/ SHIRABI　　　MECHANICALDESIGN/ I-IV

내가 좋아하는 건 여동생이지만 여동생이 아니야

3

동인지 판매회 회장에서 유명 동인작가 칸자카 자매에게 자신이 쓴 소설을 '역겹다'고 부정당한 스즈카가 대폭발, 동인지 대결을 벌이게 됐다?! 지면 은퇴? 어쩔 셈이야, 너!

결국 나와 스즈카는 작전회의를 위해 아헤가오 W 피스 선생의 자택을 방문하지만……. 완전히 코너에 몰린 나에게 스즈카가 제안한 시나리오는 〈오빠와 문화제에서 러브러브 데이트〉! 그리하여 스즈카의 모교에서 개최된 문화제에서 나와 스즈카의 데이트가 시작되는데……?!

동인 이벤트에서 새로운 적 등장?! 라이트노벨 작가 남매(?)의 러브&코미디, 제3탄!

©Seiji Ebisu, Gintarou 2017
KADOKAWA CORPORATION

에비스 세이지 지음 | 긴타로 일러스트 | 2018년 10월 출간

청춘의 상상, 시동을 걸어라!